Zu diesem Buch

«Der Roman von Aharon Appelfeld berührt, verletzt, geht unter die Haut.» («Leipziger Volkszeitung»)

Aharon Appelfeld, geboren 1932 in Czernowitz in der Bukowina, wurde bereits mit acht Jahren von den Deutschen in ein Lager in der Ukraine verschleppt, aus dem ihm dann die Flucht gelang. Drei Jahre hielt er sich versteckt, bevor er sich der russischen Armee als Küchenjunge anschloß. Über Italien gelangte er nach dem Krieg nach Palästina. Heute ist er Professor für Literatur an der Universität von Beer Sheba. Für seine in hebräischer und englischer Sprache erschienenen Romane erhielt er mehrere Literaturpreise. Aharon Appelfeld lebt in der Nähe von Jerusalem.

In der Reihe der rororo-Taschenbücher erschien bereits sein Roman «Tzili» (Nr. 12856).

Aharon Appelfeld

Der unsterbliche Bartfuß

Roman

Aus dem Hebräischen
von Stefan Siebers

Rowohlt

Die Originalausgabe erschien 1988 unter dem Titel
«Bartfuss ben al-mawet» bei Hakibbutz Hameuchad, Ramat Gan,
Israel, sowie im selben Jahr unter dem Titel
«The Immortal Bartfuss» bei Weidenfeld & Nicolson, London

Veröffentlicht im Rowohlt Taschenbuch Verlag GmbH,
Reinbek bei Hamburg, Juli 1995

Umschlaggestaltung Barbara Thoben
Satz Baskerville (Linotronic 500)
Gesamtherstellung Clausen & Bosse, Leck
Printed in Germany
990-ISBN 3 499 13171 4

1

Bartfuß ist unsterblich. Den Zweiten Weltkrieg verbrachte er in einem der berüchtigten kleineren Lager. Heute ist er fünfundfünfzig Jahre alt und verheiratet mit einer Frau, die er einst Rosa nannte. Eine ihrer beiden Töchter ist bereits in den Stand der Ehe getreten. Ihm gehört eine kleine Erdgeschoßwohnung, vor deren Eingang zwei Bäume wachsen.

Tag für Tag steht er zur gleichen Zeit auf: stets um Viertel vor fünf, gerade rechtzeitig, um die Dämmerung zu erleben, den Dunst und die letzte Stille der Nacht. Seine Frau und die jüngere Tochter schlummern noch gemeinsam in dem Doppelbett, das im Zimmer auf der gegenüberliegenden Seite des langgestreckten Flures steht. So früh am Morgen scheint ihr Schlaf tief und verschwörerisch. Sie werden erst einige Stunden später erwachen. Um die Geräusche von ihnen fernzuhalten, schließt er die Tür.

Dann trinkt er Kaffee und zündet sich eine Zigarette an. Der Rauch tut ihm gut. Für eine Weile läßt er sich am Fenster nieder, um die leisen Erschütterungen des Morgens zu registrieren: ein alter Mann auf dem Weg zum Gebet, ein Lastwagen, der Milchkästen ausfährt. Kleine Eindrücke, die sein Auge scheinbar erfreuen.

Um sechs erhebt er sich wieder, zündet sich noch eine Zigarette an und entdeckt überrascht ein paar häßliche Speisereste im Ausguß. Und sogleich fühlt er den altbekannten Zorn in sich aufsteigen. Doch erlaubt er ihm nicht, ganz und gar Besitz von ihm zu ergreifen. Mit einer heftigen Bewegung des Kopfes versucht er ihn bereits im Keim zu ersticken. Rasch kehrt er in sein Zimmer zurück.

Der Raum wirkt kahl. Nichts als ein Bett, ein Stuhl und ein Schrank. Wenn er sich seinen Rechnungen widmet, sitzt er auf dem Bett, vor sich den Stuhl, der dann die Aufgabe eines Tisches erfüllt. Vor Jahren, als sie noch miteinander sprachen, behängte Rosa die Wände, stellte einen Tisch und Stühle ins Zimmer. Er aber räumte prompt alles wieder hinaus.

Seit jenem Tag hat sich nichts am schmucklosen Aussehen des Raumes geändert. Und wären da nicht die spärlichen Schatten, die sich durch die Fensterläden hineinschleichen, läge auf allem der weiße Glanz des Lichtes.

In Rosas Zimmer sieht es völlig anders aus: bunte Bilder und Vasen überall. In ihrer ganzen Pracht bedecken die Farben die Wände des Raumes. Strahlende Jungfrauen tauchen ein ins Grün der Natur.

«Was findest du schlecht daran?» fragte sie ihn vor Jahren, als sie beide noch jung waren.

«Ich weiß nicht.»

«Ist das Grün nicht schön anzusehen? Und die Jungfrauen... das sind Geschöpfe der Natur.»

Schon damals ließ er sich nur ungern auf Diskussionen ein, und der Ausdruck «Geschöpfe der Natur» erschien ihm wahrlich abstoßend. Da er nicht wußte, was er entgegnen sollte, sagte er einfach: «Ich weiß nicht.»

Und obwohl seine Reaktion wie stets dürftig ausfiel, forderte sie Rosa auch diesmal zum Sprechen heraus. Sie schien nur darauf gewartet zu haben. Sogleich fing sie an zu erklären und zu argumentieren, reihte unablässig Satz an Satz.

Rosa hing an den Bildern, und die Töchter übernahmen diese Vorliebe von ihr.

Jahre vergingen. Allmählich schwanden die Worte aus seinem Innern. Heute redet er kaum mehr. Auch zürnt er schon seit langer Zeit niemandem mehr. Vor allem im Umgang mit seiner Frau und den Töchtern gewöhnte er sich Zurückhaltung an. Und diese lernten, sich ihm gegenüber ebenso zu benehmen. Sie traten in einen geheimen Wettstreit mit ihm: Wem gelingt es, sich gleichgültiger zu stellen?

Um sieben tritt er von neuem aus seinem Zimmer, das er diesmal sorgfältig abschließt. Es ist die Stunde, zu der Rosa gewöhnlich erwacht, doch bleibt sie wie immer im Bett und lauscht ihm mit geschlossenen Augen. Da er um ihr Lauschen weiß, beschleunigt er seine Bewegungen. Eilig verläßt er die Wohnung.

Die Straßen sind leer. Die See und das Morgenlicht lassen ein letztes Gefühl der Dumpfheit in ihm verblassen. Früher pflegte er einen Augenblick innezuhalten, um sich vorzustellen, wie sich Rosa erhebt und was sie dabei sagt. Doch auch damit hörte er eines Tages auf. Wenn er jetzt bei seinem Spaziergang am Strand stehenbleibt, lenkt ihn kein Gedanke vom Anblick des Meeres ab. Allein der kühle Seewind strömt in ihn ein.

Um acht sitzt er bereits im Café. Der Besitzer zeigt sich in der Frühe nicht besonders gastfreundlich, doch bleibt Bartfuß gelassen, denn er ist Stammkunde an diesem Ort. Die zweite Tasse Kaffee, die er am Morgen zu sich nimmt, schärft seinen Blick und weckt all seine Sinne. Er bleibt aber stumm. Kein erfreulicher Anblick bietet sich ihm: das Spülbecken voller Geschirr und auf dem Tresen schmutzige Gläser vom Vortag. Wenigstens dröhnt das Radio noch nicht. Es hat ihn einige Mühe gekostet, die Höllenmaschine zum Schweigen zu bringen. Erst nach einer ganzen Weile kamen sie überein, das Gerät werde am Morgen nicht länger eingeschaltet.

Er ist mit sich allein. Beinahe zwei Stunden harrt er so aus. Gedanken gehen ihm durch den Kopf, während er dasitzt. Zwar fühlte er sich besser, als er vollkommen leer war, er weiß jedoch auch, daß man das Denken nicht ganz auslöschen kann. Er hat keine andere Wahl. Und so taucht er ein in die Jahre nach der Befreiung, in den Zauber Italiens zu der Zeit, die dem Zusammentreffen mit Rosa vorausging. Hätte er jenen Irrtum zu vermeiden gewußt, dann lebte er heute auf den Sankt-Georgs-Inseln, diesem wunderbaren, menschenleeren Archipel, den bei Tag und Nacht nichts als Stille und Wasser umgibt. Doch lassen sich Fehler nicht rückgängig machen. Der entscheidende Irrtum, den er damals beging, sollte ihn mit Rosa und den Kindern von einem Ort zum anderen, bis hierher, nach Jaffa, treiben. Als die Töchter heranwuchsen, nahmen sie das Aussehen der Mutter an, von der selbst der Ausdruck auf ihren Gesichtern stammt. Lange bemühte er sich, von ihnen loszukommen. Hier, im Café, gelingt es ihm; stundenlang sitzt er da, ohne ihren Schatten vorbeihuschen zu sehen. Während er seinen Kaffee trinkt, verschwinden sie in den versunkenen Sphären des Seins.

Gegen zehn kommen die ersten Händler herein. Sie kennen ihn noch aus Italien. Im allgemeinen mögen sie Männer wie ihn nicht, schweigsame Leute wecken ihren Verdacht. Bartfuß aber schließen sie aus ihrer Runde nicht aus, weil er für sie eine Legende darstellt. Sie selbst waren in den Lagern, doch nicht in jenem; von dort drang nur ein dumpfes Echo zu ihnen. Daher wissen sie, auch wenn er schweigt: Alles, was man sich darüber erzählt, ist wahr. Würde er ihnen nur eine Handbreit enthüllen, so wären sie ihm dankbar dafür. Bartfuß aber bleibt stumm. Zu keiner Zeit hat er sich bemüht, ihnen zu gefallen. Grund genug hätte er dazu, denn vieles, was er getan, spricht gegen ihn. Sie könnten ihn ignorieren, haben ihn jedoch nie ausgeschlossen.

Wenn das Café sich ganz mit Kaufleuten gefüllt hat, bricht Bartfuß auf, um den Strand entlangzuschlendern und sich vom Meer und den Zigaretten berauschen zu lassen.

Zu Mittag ißt er in Tinas Gaststätte. Schon in Italien verabscheute er die lauten Grillrestaurants. Bei Tina findet er eine Stille, wie sie sonst nur in Kellergewölben herrscht. Niemand fragt ihn: «Wer sind Sie?», oder: «Was tun Sie?» Kühles Dämmerlicht hüllt alles ein. Er bekommt ein Käseomelette und eingelegtes Gemüse serviert. An manchen Tagen bleibt er dort bis drei Uhr.

Gleich nachdem er die Gaststätte verlassen hat, geht er durch eine Seitenstraße auf ein Gebäude mit zwei Stockwerken zu. Mit einemmal verändert sich sein Gang: Geduckt und schnellen Schrittes hält er sich dicht an der Häuserwand. Doch ist der Weg nicht weit. In einem schmalen Zimmer des Hauses angelangt, schließt er einen Moment lang die Augen. Er weiß, was er zu tun hat. Rasch kauft und verkauft er. Ohne zu feilschen. Seine Bewegungen sind flink und präzise. Er berechnet alles im Kopf. Und schon nach einer Viertelstunde tritt er wieder auf die Straße hinaus. Im Eingang des Hauses bleibt er kurz stehen, um eine Zigarette zu entzünden, und kehrt eilig zum Strand zurück.

Die wenigen Minuten der Konzentration lassen ihn stets kraftlos zurück. Doch früher gingen ihm die Geschäfte auch nach ihrem Abschluß nicht aus dem Sinn. Heute nehmen sie sein Denken kaum noch in Anspruch. Nur manchmal, wenn er nachts wach liegt, fallen sie ihm wieder ein.

Um diese Tageszeit sind die Straßen voller Händler und Makler. Ihre hastigen Bewegungen erwecken Abscheu in ihm. Vor allem die Orthodoxen. Jahre ist es schon her, daß er sich vor ihnen aufbaute: «Warum treibt ihr keinen Sport?» schrie er sie an. «Geht lieber schwimmen! Ihr verschandelt die ganze Umgebung.» Dieses eine Mal hatte er die Kontrolle über sich verloren. Doch mit der Zeit ist auch sein Ekel erstarrt. Und wäre nicht der Gestank von Gebratenem, bliebe er stehen, um ihnen zuzuschauen.

An den schwülwarmen Abenden besteigt er den Bus, um ein Stück die Küste hochzufahren, bis nach Netanya. Seine erregten Sinne beruhigen sich während der Fahrt durch die Dunkelheit, und anschließend, bei einer Flasche Bier, wird das Gefühl der Einsamkeit leiser. Einmal, im vorigen Jahr, drängte sich ihm eine Unbekannte auf, mit der er die ganze Nacht über zusammenblieb. Benommen kehrte er am nächsten Morgen zurück und nickte in seinem Café ein. Selbst solche Abenteuer gönnt er sich nun nicht mehr. Er begnügt sich statt dessen damit, am Strand entlangzustreifen oder mit dem Bus hinauszufahren: Wie in einem Rausch zieht er umher.

Hin und wieder wagt Rosa noch, in seine Welt einzubrechen. Natürlich geht es um Geld. Sie ist zehn Jahre jünger als er, was man ihr aber nicht mehr anmerkt. Dick ist sie geworden, und an ihrem Haaransatz nistet ein unansehnliches Grau. Sie geht keinem Beruf nach. Den größten Teil des Tages macht sie es sich auf dem Sofa bequem, trinkt Tee und ißt belegte Brötchen. Ihre Eingriffe in sein Leben versetzten ihn einst ganze Tage in Aufruhr. Im Laufe der Zeit aber lernte er, sie einfach zu übersehen, ihr keine Antwort zu geben. Ohne etwas zu sagen, legt er das Geld auf den Tisch und verschwindet. Manchmal fällt die verheiratete Tochter über ihn her, indem sie im Tonfall der Mutter Tiraden gegen ihn abfeuert. Bis zum heutigen Tag durchfährt ihn in diesen Momenten ein Schmerz.

Als er spät in der Nacht nach Hause kommt, liegt alles schon in tiefem Schlummer. Er tritt in sein Zimmer und schließt die Tür hinter sich. Während er die Schuhe auszieht, stellt er fest, daß sich die Lichtstreifen auf dem Boden vermehrt haben, weil die Läden im Sommer brüchig geworden sind. Die Entdeckung bereitet ihm keine besondere Freude.

Lebte er allein in der Wohnung, würde er noch einmal aufstehen, um ein Glas Limonade zu trinken. Doch sie ist im Kühlschrank, und um dorthin zu gelangen, müßte er die Tür seines Zimmers öffnen. Womöglich fragte Rosa im Schlaf: «Wer ist da?» Lieber streckt er sich gleich auf dem Bett aus. Und hat er den Eindruck, sie belauscht ihn, vergräbt er sich unter der Decke.

So geht es Tag für Tag, schon seit Jahren, in sich ständig verschärfendem Rhythmus. Und trotzdem hat sich kaum etwas wirklich verändert.

2

Natürlich hat es auch andere Tage gegeben, solche, an denen sie miteinander sprachen. Tatsächlich aber geschah das so selten und kurz, daß nichts von ihnen blieb als die Erinnerung an einen fernen, dämmrigen Traum. Bald schon waren sie in der Ödnis des Schweigens untergegangen. Nach zwei Jahren wurden die Sätze kürzer und verwandelten sich in Stammelei, in Silben, die wie Dornen stachen.

Und von da an:

«Hast du es hingelegt?»

«Was?»

«Wonach ich dich gefragt habe.»

«Ich erinnere mich nicht.»

«Dann denk nach.»

«Ich frage dich, was?»

«Geld für Lebensmittel, hab ich gesagt.»

Er gab es ihr und ging weg.

Allein bei seinen Ausflügen und Geschäften gelang es ihm, sie zu vergessen. Wenn er in die Wohnung zurückkam, hüllte er sich in Schweigen. Als befände er sich nicht in seinem eigenen Heim, sondern auf feindlichem Gebiet, wo es nicht ratsam war, Aufmerksamkeit zu erregen.

Bisweilen bereute er sogar, ihr in Augenblicken der Zärtlichkeit manches Geheimnis verraten zu haben.

Sie aber ließ nichts unversucht. Einmal rief sie verzweifelt: «So laß uns reden!» Doch verschloß er sich bei jedem ihrer Versuche ein wenig mehr. Trotzdem ließ seine Wachsamkeit nicht nach, so daß er mit den Jahren lernte, all ihre Bewegungen, jedes Zucken ihres Mundes zu deuten, noch ehe sie ein Wort gesprochen hatte.

Sie war beharrlich. Zum Beispiel, was die Töchter betraf. Sie erzog sie nicht, sondern formte sie wie geschmeidigen Ton. So wurden sie ihr von Tag zu Tag ähnlicher. Vor allem Brigitta. Ihr krankes, verschwommenes Gesicht schien jede Grimasse der Mutter spiegelbildlich zu übernehmen. Und aus einem unerklärlichen Grund bedauerte er es bei ihr mehr als bei der älteren Tochter. Unsichtbare Bande zogen ihn zu ihr hin. Vielleicht ihres Lächelns wegen, in dem er manchmal eine stumme Zustimmung zu lesen glaubte.

Aber das war ein Trugschluß. In Wirklichkeit hing sie an ihrer Mutter, klammerte sich fest an sie.

Obgleich sie nie von der Vergangenheit sprachen, lauerte sie stets im Verborgenen, um dann plötzlich wider Erwarten zum Vorschein zu kommen. Der Gedanke, sie habe während des Krieges auf dem Bauernhof abwechselnd mit dem Alten und seinen Söhnen geschlafen, ließ ihm keine Ruhe. Noch in den dumpfesten Momenten des Vergessens mußte er daran denken. Geschickt wie ein Tier verstand es Rosa zurückzuweichen, wenn es um diese Sache ging. Doch versuchte sie nie, Vorwürfe von sich zu weisen, und bisweilen schien es sogar, als erinnere sie sich mit Vergnügen an jene Zeit.

Hin und wieder sagte sie: «So wurden im Dorf rote Rüben zubereitet.» Oder: «Das Brot schmeckt wie frisch aus dem großen Ofen.»

Als die Töchter klein waren, erzählte sie ihnen vom Leben auf dem Land, wie sie das Korn und das Obst ernteten. Keinerlei Anmut lag in den Worten, und trotzdem bildete er sich ein, Sehnsucht in ihrer Stimme zu hören.

Manchmal hielt er es nicht mehr aus.

«Um am Leben zu bleiben, darf man nicht alles in Kauf nehmen», schrie er auf. «Auch die Erniedrigung, die ein Mensch akzeptieren kann, hat ihre Grenzen.»

Sie erwiderte nichts. Offenbar verstand sie den Sinn dieser Sätze.

Aber alles andere, was Haus und Kinder betraf, verfolgte sie unbeugsam und mit fester Hand.

So wurde die Mauer, die sie trennte, immer undurchlässiger. Früher pflegte er mit den Töchtern ein paar Worte zu wechseln, wenn Rosa nicht da war. Die kurzen Antworten, die sie ihm gaben, ließen ihn begreifen, wie tief sie im Leben ihrer Mutter verwurzelt waren. Sprachen sie von ihm, dann sagten sie «er» und schienen einen Fremden zu meinen, vor dem sie sich in acht nehmen mußten.

Schließlich bemühte er sich, ein paar giftige Beeren in die Herzen der Mädchen zu streuen. Sie begegneten ihm jedoch so zurückhaltend und vorsichtig, daß keines seiner Worte bis in ihr Innerstes vordrang. Selbst Schachteln voller Süßigkeiten erfüllten nicht ihren Zweck. Wie junge Welpen blieben sie ihrer Mutter verbunden.

Paula wurde im üblichen Alter zur Schule geschickt, und die Zeugnisse, die sie nach Hause brachte, fielen zur Zufriedenheit ihrer Mutter aus. Ihm wurden sie gar nicht erst gezeigt. Die Ausbildung der Töchter ging ihn nichts an. Mehr als einmal suchte er vergeblich nach den Zeugnissen; sie waren gut versteckt.

Brigitta wurde nicht eingeschult. Statt dessen nahm Rosa sie ganz unter ihre schützenden Fittiche. Bisweilen war von einer Einrichtung für Geistesgestörte die Rede. Doch glaubte Rosa, nur sie allein sei in der Lage, das Mädchen zu heilen. Die ganze Schuld schob sie auf ihn, und als Paula heranwuchs, klagte sie ihn auch vor ihr an: Von wem sonst sollte das Mädchen die Krankheit geerbt haben, wenn nicht von ihm, dem merkwürdigen Vater? Eine Zeitlang machte sie ihn für alle mißliebigen Eigenschaften, die sie an ihren Töchtern entdeckte, verantwortlich. Gewissenlos sei er, gestört und voller Boshaftigkeit. Auch war sie fest davon überzeugt, er säe seine üblen Gedanken nachts in Brigittas Schlaf. Daß das Kind so oft aufwache, sich nicht zu konzentrieren vermöge und in seiner Anwesenheit in Verwirrung gerate. All dies liege doch auf der Hand.

Mitunter wunderte er sich über die Wärme, die er Brigitta entgegenbrachte. Wenn das Feuer des Streits aufloderte und Satzfetzen durch den Raum zischten, ergriff Brigitta keine Partei. Zu Rosas Ärger verkroch sie sich lieber in einer Ecke des Raumes. Dann konnte es geschehen, daß Rosa zu ihr sagte: «Geh doch zu ihm. Ihr paßt zusammen.» Diese Worte, die nur selten fielen, behagten ihm wie ein sanfter Schmerz.

Stetig wuchs die Distanz. Er war eifrig bemüht, immer weiter von ihnen abzurücken. Und gelegentlich dachte er sogar daran, Israel zu verlassen und nach Italien zu gehen. Aber er blieb. Keinesfalls wollte er ihr die Möglichkeit geben, für alle Zeiten behaupten zu können: «Er ist schuld.» Unablässig wiederholte sie diesen Satz, in absichtsvollem, boshaftem Ton. Manchmal schien es auch, als hoffe sie im stillen, eines Tages würden die Töchter zu ihm zurückfinden.

Doch von Jahr zu Jahr nahm der Abstand zu. Aus der Ferne beobachtete er, wie sie in die Höhe schossen. Zu jener Zeit scheute Rosa keinerlei Anstrengung. Noch am Abend schickte sie Paula zum Französischunterricht, von dem das Mädchen jedesmal begeistert zurückkam. In der Klasse gab es auch Jungen. Brigitta aber verlor sie keinen Augenblick aus den Augen; bis zu ihrem zehnten Lebensjahr fütterte sie ihre Tochter. Rosa ließ all ihre Kraft in sie fließen. Selbst ein wenig Polnisch brachte sie ihr bei.

Und immer wieder verstand sie ihn aufzuschrecken.

«Gib schon!» sagte sie fordernd.

«Ich habe keins», erwiderte er.

«Soll das heißen, schon wieder nichts?»

«Ja, vorläufig. Später.»

«Ihr habt es gehört, Kinder», rief sie sofort ihre schweigenden Anwälte herbei. Die Mädchen waren noch klein, als sie anfing, sie zu ihrer Verteidigung zu benutzen. Später schickte sie Paula vor, um sich mit ihm auseinanderzusetzen.

So wurde die Mauer immer größer. Aber noch drang jeder Laut an sein Ohr. Das Lachen und Husten ebenso wie das Flüstern und das Pulsieren des Schlafes.

3

Oft sagte Rosa:
«Er steht früh auf. Jeden Morgen zur gleichen Zeit.» Doch klang es nie wie ein Lob. Eher wie eine Warnung.

Nichts entging ihren wachen Sinnen. «Er schläft nie», bemerkte sie bei einer Gelegenheit. Und tatsächlich, im Laufe der Jahre entwickelte sein Körper ein Warnsystem, das ihn hochfahren ließ, sobald er in zu tiefen Schlummer hinabglitt. Rosa bediente sich eines eigenen Vokabulars, wenn es um ihn ging. Sie machte Bemerkung darüber, wie er lief oder aß, doch ihre besondere Aufmerksamkeit galt seinem Schlaf. «Er schläft nie.» – «Er döst nur vor sich hin.» – «Selbst im Winter schläft er nicht ein.» Diese und ähnliche Äußerungen schärften sein Ohr, sie steigerten seine Wachsamkeit noch. Und selbst wenn er müde und ohnmächtig von den langen Ausflügen nach Hause kam, schützten ihn seine Sinne.

Einige Male wurde er an ungewohntem Ort, im Sitzen oder im Stehen, vom Schlaf überrascht, rüttelte sich aber sogleich wieder auf, indem er eilig die Weben des Schlummers zerriß. Dieses plötzliche Einnicken beunruhigte ihn. Er beschloß, von nun an stets auf der Hut zu sein.

Am meisten jedoch nahm er sich vor Rosa in acht. Da sie um seine Wachsamkeit wußte, war sie gewarnt: «Er beobachtet mich, auch wenn er fern ist.» Eines Tages sagte sie zu Brigitta: «Schließ die Tür. Ich kann es nicht leiden, wenn jemand zuhört.» Natürlich meinte sie ihn, obwohl er in jenem Moment gar nicht in der Wohnung war.

Sie war fest überzeugt, daß er sie ärgern wollte. Zwar unternahm er nichts, was sie in diesem Sinne hätte mißdeuten können, doch gerade seine Zurückhaltung setzte ihr zu. Wenn er ihr unbedingt antworten mußte, sagte er nur ein Wort, höchstens zwei. Und im Laufe der Zeit erfand er eine knappe Sprache der Weigerung. Es waren Silben, die ihm als Schutz dienten, begleitet vom Zucken der linken Schulter. «Laß mich in Frieden!» sollten sie heißen.

In ihrem Herzen bewahrte Rosa einige Sätze, die er gesagt hatte und die sie Versprechungen nannte. Mit müder Stimme rief sie sie ihm in Erinnerung. Wohin waren die Worte, wohin die Versprechen? Sie stammten aus der Zeit, in der sie noch redeten. Sie schleuderte sie wie Steine auf ihn.

Er war ihr am Strand in Italien begegnet, mitten unter den zahllosen verirrten Flüchtlingen, zwischen den Holzhütten am Meer. Der Sommer hatte die Menschen in die Knie gezwungen, ganz und gar durcheinandergebracht, ihr Verstand schien verschüttet, sie waren stumpf und schwer, hungrig nach Sonnenlicht.

Zwischen all diesen Menschen traf er sie. «Komm», sagte er zu ihr, und sie erhob sich, um ihm zu folgen. Auch am nächsten Tag war sie noch bei ihm. Sie stellte keine Fragen. Ihr Leib war prall und jung, er roch nach Meer und billigem Eau de Cologne.

Sie fragte nicht, ob er sie liebe oder wann er zurückkomme. Ja, nicht einmal seinen Namen wollte sie wissen. Das Licht des Meeres herrschte über die Menschen und hüllte sie gleichsam in Schläfrigkeit. Wie unter einer riesigen Glocke bewegten sie sich.

Manchmal schlummerten sie für kurze Zeit ein, doch vermochte der Sog des Schlafes sie nicht ganz zu sich hinabzuziehen. Einmal kam er zu ihr, als sie gerade Sardinen aß.

Sie streckte ihm die Konserve entgegen:

«Möchtest du auch?»

«Nein. Ich bin satt.»

«Dann werf ich den Rest ins Meer», antwortete sie und schleuderte die Dose mit einer kraftvollen Bewegung der Hand weit von sich.

Oft trafen sie sich, um ein, zwei Stunden beieinander zu liegen. Danach pflegte er sie ohne ein Wort zu verlassen, während sie, ganz matt vom Vergnügen, der Müdigkeit nachgab. Erst nach einer Weile bemerkte er, daß sie glücklich war. Als er ihr zum erstenmal eine Schachtel Konfekt schenkte, nahm sie es und sagte: «Wie schön.» Dann begann sie zu essen, ihm aber bot sie nichts an. Er fragte sie, ob es ihr schmecke, und sie erwiderte: «Ja, sehr.»

Stundenlang saß sie am Wasser. Er wußte, daß er sie immer dort finden würde.

Eines Tages fragte er sie:

«Wie bist du hierhergekommen?» Doch eigentlich meinte er: «Wie bist du entkommen?»

«Ich bin bei Bauern gewesen», antwortete sie schlicht.

«Und sie haben dich gerettet?»

«Ja. Sie haben mich als Bäuerin verkleidet.»

«Wie ist es dir dort ergangen?»

«Ich habe für sie gearbeitet.»

«Hat denn der Bauer, für den du gearbeitet hast, keine besonderen Dienste von dir verlangt?»

«Nicht oft», sagte sie mit einem Lächeln.

Er hörte auf, ihr Fragen zu stellen, und von sich aus erzählte sie nichts weiter.

Es war ein Sommer voll Licht und Kraft. Die Leute waren fleißig wie Ameisen, so daß die Müdigkeit sie am Ende des Tages niederwarf. Bartfuß war wie all die anderen mit Schmuggeleien beschäftigt. Er kaufte und verkaufte, und abends besuchte er Rosa. Sie fragte ihn nie: «Wer bist du?», oder: «Was tust du?» Ganz anders als die übrigen Frauen, die schreiend für Aufregung sorgten, fiel Rosa ihm niemals zur Last. Er lebte in der Gewißheit, sie abends am Strand wiederzutreffen.

Einmal fragte er sie überraschend:

«Warum willst du nichts wissen?»

«Wozu sollte ich?» entgegnete sie ihm.

«Nur so.»

An einem der folgenden Tage fuhr er mit den Fischern zu den Sankt-Georgs-Inseln hinaus und blieb eine ganze Woche fort. Er glaubte, sie werde nicht auf ihn warten. Doch zu seinem Erstaunen war sie noch da, als er zurückkam, und sie fragte auch nicht: «Wo bist du gewesen?» Dieses Schweigen bezauberte ihn.

Er hingegen war neugierig und versuchte schließlich, mehr zu erfahren. Zum Beispiel, wieviel Bauern in jenem Dorf gewohnt hatten. Ob sie auf die Weiden hinausgegangen war. Und wo man sie im Winter hatte schlafen lassen.

Ihre Antwort fiel kurz aus:

«Es ist nichts Besonderes geschehen.»

«Sie ist schlau», dachte Bartfuß.

Als mit den kalten Winden der Herbst kam, machte Rosa in der Nähe des Strandes eine verlassene Hütte ausfindig. In ihr richtete sie sich ein; sie besaß nur das Nötigste. In den folgenden Monaten offenbarte sie ihm ein paar Einzelheiten aus ihrem Leben, allerdings begann sie nie freiwillig zu reden, sondern erst auf sein Drängen.

Sie war ein Einzelkind und stammte aus einer religiösen Familie, die in einer Kleinstadt gelebt hatte. Zu Hause hatten sie Zeitungen und Bücher gelesen. Da es am Ort kein Lyzeum gab, schickten die Eltern sie in die nächstgrößere Stadt, in der sie zwei Jahre lernte. Wofür sie sich interessiert habe, wollte er wissen. «Für Geographie», antwortete Rosa.

Sie war neunzehn Jahre alt, als der Krieg ausbrach. Die Familie wurde jäh auseinandergerissen, und es war ihr gelungen, in jenes Dorf zu entkommen. Bauern, die alte Bekannte des Vaters waren, nahmen sie bei sich auf. Drei Jahre mußte sie bleiben. All dies erzählte sie zögernd und nur auf konkrete Fragen hin.

Eines Abends eröffnete sie ihm: «Ich glaube, daß ich ein Kind erwarte.» In seinem Erschrecken entfuhren ihm unbedachte Worte des Zorns. Und als sie in Tränen ausbrach, versuchte er nicht, sie zu trösten.

Böse Gedanken gingen ihm nun durch den Sinn. So plante er, ihr eine Summe für die Ernährung des Kindes zu zahlen, sie dann zu verlassen und nach Palästina zu fliehen. Zu seiner Überraschung beklagte sie ihren Zustand nicht. Ihre Bewegungen wandelten sich, und ihr Leib wurde voller. Tiefe Verwunderung lag in ihrem Blick. Nach einer Weile bemerkte er, daß auch die Hütte allmählich ihr Aussehen veränderte, sie schmückte die Wände mit kleinen Teppichen und einem Bild, das sie aus einer Zeitschrift geschnitten hatte. Über ihre Zukunft stellte sie keinerlei Fragen. Und er saß still an ihrer Seite, ohne sie zu berühren.

Er gehörte der mächtigen Bande Ungers an, die an den Küsten Italiens aktiv war. Unger, ihr Gründer, war einem Herzschlag erlegen und hatte die Ausbreitung der Organisation nicht mehr erlebt. Viele Wunder vollbrachte sie zu jener Zeit. Man munkelte, zwischen den Schmuggelaktionen würden auch Flüchtlinge illegal nach Palästina gebracht. Selbst einige Lehrer waren Mitglieder der Organisation. Bartfuß war so sehr mit seinen Aufgaben beschäftigt, daß er Rosa beinahe aus den Augen verlor.

Aber Rosa verschwand nicht. Ihr Leib rundete sich von Tag zu Tag ein wenig mehr, ihre hageren Züge waren verschwunden.

«Was würdest du tun, wenn ich für immer fortbliebe?»

Seine Absichten schienen sie nicht zu beunruhigen. Vor allem in diesem Gleichmut waren ihre Stärke und ihr Zauber begründet. Er hätte sie einfach verlassen können, in jenen Zeiten blieben viele Frauen allein. «Jeder für sich» – dieser Devise entsprechend dachte und handelte man. Nur er kehrte immer wieder zu ihr zurück, ohne zu wissen, warum. In Wirklichkeit scheute er sich, eine Entscheidung zu treffen.

Unterdessen nahm die Schwangerschaft ihren Lauf. Ihre grazilen, scheuen Bewegungen verloren sich. Sie mußte sich mit den Händen abstützen, wenn sie Platz nahm.

Er zürnte in seinem Herzen: Wie hat sie mich so hinters Licht führen können? Und manchmal fragte er sie:

«Warum hast du es mir nicht eher erzählt?»

«Was denn?»

«Daß du ein Kind erwartest.»

«Aber ich habe es dir doch erzählt.»

Er hegte einen Verdacht. Da sitzt eine Frau am Meeresstrand, und irgendein Mann tritt auf sie zu, um sie mit sich zu nehmen. Sie ist sofort bereit, gemeinsam mit ihm die Nacht zu verbringen. Ohne ein Zögern! Hatten nicht zuvor die Bauern mit ihr geschlafen? Diese Vorstellung ließ ihn nicht los, selbst wenn er sich, von seinen Unternehmungen berauscht, auf Reisen befand.

«Ich will sie nie wiedersehen. In Wirklichkeit ist es ihr doch auch vollkommen gleichgültig, ob ich zurückkomme. Frauen wie Rosa gelingt es sogar, ihre Kinder in einer Einöde aufzuziehen.»

Doch allen Bedenken zum Trotz kehrte er immer wieder zu ihr zurück, um von Mal zu Mal ein wenig länger bei ihr zu bleiben.

Dennoch ließ er nicht locker:

«Weshalb hast du mit den Bauern geschlafen?... Nur, um am Leben zu bleiben?... Es gibt schließlich Grenzen, die man nicht überschreiten sollte. Gewiß, der Mensch hängt am Leben, aber er kann doch nicht jeden Preis dafür zahlen.»

Sie antwortete nicht. Scheinbar hatte sie Verständnis für seinen Einwand.

«Dann stimmst du mir also zu?»

Auf diese Weise quälte er sie. Sie gewöhnte sich an, ihm zuzuhören, ohne zu widersprechen. Stundenlang saß er da und beobachtete sie. Auch zuvor war sie nicht anmutig gewesen, doch jetzt, mit dem Kind in ihrem Leib, kam sie ihm geradezu schwerfällig vor. Und trotzdem schien sie von einer Kraft erfüllt, die er nicht zu ergründen vermochte.

Ungefähr zur selben Zeit fing er an, nicht nur Waren, sondern auch Flüchtlinge über die Grenzen zu schmuggeln. Seine Ausflüge waren dadurch riskanter denn je, doch behagte ihm die Gefahr. Wie einst in den Wäldern bereitete es ihm Genuß, etwas für die große Sache zu tun. Im Grunde interessierte Palästina ihn kaum, doch schöpfte er Energie aus der bloßen Sehnsucht nach diesem Land.

Bartfuß war unterwegs, als seine älteste Tochter zur Welt kam. Bei seiner Heimkehr hielt Rosa einen kreischenden Säugling im Arm. Sie hatte ihn Paula genannt, und Bartfuß fragte nicht nach dem Grund. Erst später erfuhr er, daß es der Name einer berühmten Sängerin war. Er glühte vor Wut, brach aber sein Schweigen nicht.

Gleich nach Paulas Geburt begann sich Rosas Gesicht zu verwandeln. Muskeln legten sich um ihr weiches Kinn. Anfangs glaubte er, es handele sich um eine vorübergehende Erscheinung, aber das erwies sich als Irrtum. Die Geburt ihres Kindes steigerte Rosas Selbstsicherheit. «Die Kleine braucht ihre Ruhe», ermahnte sie ihn. Oder: «Warum hast du keine Äpfel aus dem Dorf mitgebracht?» Während andere Mütter verzweifelte Klagen und Flüche ausstießen, strotzte Rosa vor Lebenskraft.

Mehr als einmal war er fest entschlossen, ein Schiff zu besteigen, das ihn für alle Zeiten vom Flüchtlingslager fortbringen würde. Es gab Schiffe nach überallhin – nach Brasilien, Australien, Neuseeland. In jenen Tagen ließen etliche Männer ihre Frauen im Stich. Sich zu verlassen schien selbstverständlicher, als zusammenzubleiben. Bartfuß aber zog es stets zu Rosa zurück, wie einen Verbrecher, der wieder und wieder den Ort seiner Untat aufsucht.

Nicht selten stritten sie bis tief in die Nacht hinein. Rosa war nie um eine Antwort verlegen, sie gebrauchte Sätze, die sie bei den Bauern gelernt hatte. «Ich will doch überhaupt nichts von dir!» Oder: «Männer werden immer Männer bleiben.» Einmal rief sie sogar: «Ich werd dich schon nicht vor Gericht bringen. Das Joint-Committee wird mir Unterhalt zahlen.»

Von allen Sätzen, die sie sprach, erzürnte ihn dieser am meisten. Und er bediente sich, ohne Bezug zum Gesagten, einmal mehr seiner ständigen Anklage:

«Der Mensch hängt am Leben, gewiß. Doch gibt es Grenzen...»

Nach einiger Zeit begann er zu spüren, daß sein Leben mit einem Makel behaftet war. Worin er bestand, das sollte er erst später verstehen.

Unterdessen wurde Paula von einer Krankheit befallen. Da es am Ort keinen Arzt gab, beeilte er sich, jemanden aus Neapel zu holen. Die Diagnose lautete: Ruhr. Rosa wurde bleich, als sie die verhängnisvolle Kunde vernahm. Es folgten Tage, an denen Paula unablässig mit dem Engel des Todes rang. Rosa ließ sie keine Sekunde allein.

Und während Rosa an Paulas Kampf um Leben und Tod

teilnahm, schleppte Bartfuß abwechselnd Waren und greise Flüchtlinge über die Berge. Rosa verlor er ganz aus dem Sinn, er war allein vom Gedanken an Paula erfüllt, die ihm in jenen Tagen mit vielerlei Gesichtern erschien. Immer wieder sah er die leidende Mutter Gottes, die über dem Eingang der Kirche hing und Paula auf ihrem Schoß hielt. Der Kampf sollte zwei Wochen dauern. Dann wachte Paula eines Morgens auf und war wieder gesund. Rosa freute sich grenzenlos. Und auch er atmete auf.

In dieser ruhelosen Zeit nahm seine Sprache endgültig Gestalt an, es war eine wortlose Sprache, ein stetiges Lauschen, das all seine Sinne in Spannung versetzte. Damals begann er Wahrnehmung in Schweigen zu wandeln, und mehr noch, er hörte auf zu denken. Es schien, als saugten die kahlen Berge jeden seiner Gedanken in sich hinein. Wenn er heimkehrte, fiel er ausgelaugt und erschöpft auf sein Lager.

Während er noch mit sich rang, fiebernd seinen Aufgaben nachging und sich angewöhnte, allen Groll in sich einzuschließen, sagte ihm Rosa, sie sei wieder schwanger. Die Botschaft traf ihn wie ein Schlag. Und obgleich er innerlich aufschäumte vor Wut, sagte er kein einziges Wort. In der folgenden Nacht betäubte er sich mit Alkohol, und als er am Morgen aus seinem Rausch erwachte, schoß ihm ein Gedanke durch den Kopf: Nichts von dem, was geschehen sei, habe er wirklich gewollt. War Rosa nicht dem Zauber desselben Trugschlusses erlegen und glaubte wie er, dies alles widerfahre ihr ohne ihr Zutun?

Als Brigitta geboren war, wurde Rosas Leib immer fülliger. Ihr Gesicht zeugte von einer Ruhe, die ihn ärgerlich stimmte. Sie sagte, sie wolle nicht nach Palastina. Und in ihrem Innersten dachte sie: «Unter Juden kann ich nicht leben.»

Die Kinder wuchsen heran. Doch schenkte er ihnen keine

Aufmerksamkeit. Voller Hingabe hütete er seine kleinen Geheimnisse: sein Morgenkaffee, das Meer und dann und wann eine einsame Frau. Er hoffte im stillen, die Zukunft werde ihm eine neue, entsagungsvolle Aufgabe bescheren, schon bald werde er in sie eintauchen und sich reinigen können. Aber die große Herausforderung blieb aus.

Immer wieder machte er sich auf den Weg, bis zu dem Tag, an dem ein Teil der Ungerschen Organisation aufflog. Er mußte fliehen. Zuerst dachte er daran, nach Brasilien zu gehen, doch lief zu der Zeit kein Schiff dorthin aus. So blieb ihm keine andere Wahl, als einem Flüchtlingstreck nach Palästina zu folgen. Viele Tage zogen sie die Küste entlang, um sich am Ende des Marsches an Bord eines unauffälligen Schiffes zu drängen, das sie an einer entlegenen Mole erwartete. Wegen der Kälte verkroch er sich für einige Tage unter eine Decke. Als er sich wieder aufrichtete, saß Rosa vor ihm, die beiden Kinder auf ihrem Schoß.

4

Seinen Fluchtversuch verzieh sie ihm nie. Immer wieder erzählte sie den Töchtern, ihr Vater habe sich bereits in Italien davonmachen wollen. Es sei allein ihrer Schläue zu verdanken, daß sein böser Plan gescheitert sei, verkündete sie stets mit triumphierender Stimme.

Mehr als einmal verleitete ihn bohrender Haß beinahe dazu, sie zu schlagen – wovor er letztlich jedoch zurückschreckte. Vor einigen Jahren dann begann ihr Vorwurf eine neue Reaktion bei ihm hervorzurufen, einen anderen Ausdruck des Hasses: Mit unerträglichem Gleichmut verfolgte er, wie sie den Töchtern von jenem Vorfall erzählte. Sein Blick drohte sie um den Verstand zu bringen, hastig suchte sie Zuflucht bei ihren Welpen.

«Seht nur, wie er mich anschaut! Was hab ich ihm denn getan?... Soll er seine Untat doch zugeben, ein für allemal.»

Die Töchter wußten Bescheid: Der Blick, mit dem er sein Gift aussandte, diente ihm als Waffe.

«Er hat sich aus dem Staub machen wollen, das vergeß ich ihm nie!» schrie Rosa von neuem.

Zu jener Zeit schien es ihm, als verwandle sich Rosa tagtäglich, doch bekam er sie nie mehr allein zu Gesicht, dauernd kuschelten sich ihre Welpen an sie. Und Rosa überschüttete sie mit all ihrer Liebe. Vor allem Brigitta, das schwächliche, verwirrte Kind, wich keinen Moment von ihrer Seite.

Insgeheim mußte er zugeben: So soll es wohl sein... Rosa

ist ihre Mutter – auch wenn es ihn schmerzte zu sehen, wie glücklich sie waren.

Rosa wußte genau, was sie tat. Im Laufe der Jahre wuchsen sie und die Töchter zu einem einzigen Wesen zusammen. Sie aßen und schliefen gemeinsam und bedienten sich auch einer eigenen Sprache, die vornehmlich zwischen «schön» und «nicht schön» unterschied. Als die Mädchen größer wurden, fanden sie Gefallen daran, mit Rosa in ihren Zeitschriften zu blättern. Paulas Verlobung, einige Jahre später, wurde mit einem rauschenden Fest begangen. Nur er war von alledem ausgeschlossen, obwohl es ihm im Grunde seines Herzens nicht gleichgültig war.

Nach Paulas Hochzeit hatte Rosa die Jüngste ganz für sich allein. Sie fütterte sie, kleidete sie an und behängte sie sogar mit Schmuck.

Im Sommer ging sie mit ihr an den Strand, denn sie glaubte an die heilsame Wirkung der See. So verbrachten sie viele Stunden in den salzigen Fluten. Wenn sie anschließend heimkamen, legten sie sich gemütlich hin, um Unmengen Eis zu verschlingen. Und tatsächlich wirkte das Meer Wunder: Es stärkte den Körper des Mädchens und verlieh ihrem vollen Gesicht einen zufriedenen Ausdruck. Sah man einmal von bestimmten Bewegungen ab, schien sie kerngesund. Auch waren ihre Zähne schneeweiß und kräftig.

Als der Winter kam, machten sie es sich die meisten Stunden des Tages auf dem großen Bett bequem. Jetzt, in der kalten Jahreszeit, klangen Brigittas Fragen mit einemmal deutlich und wohl durchdacht. Weshalb sie nicht wie Paula zur Schule geschickt worden sei, erkundigte sie sich. Und wie es komme, daß sich die Jungen für sie zu interessieren begännen. Rosa erklärte es ihr, und sie lachte. Stundenlang saßen sie beieinander und amüsierten sich.

Natürlich tauchte auch er in ihren Gesprächen auf. Wie

ein düsterer Schatten oder ein unlösbares Rätsel war er in ihnen präsent.

Hin und wieder begegnete er Brigitta, am Hauseingang sitzend, dann fragte er sie: «Was tust du hier?» Doch sofort schoß Rosa heraus, um sie in die Wohnung zurückzuholen. Diese seltenen Treffen hinterließen in ihm ein Gefühl der Scham und des Abscheus. Tief in seinem Herzen wußte er, daß Brigitta ihm ähnlich war. Rosa aber wachte mit Argusaugen, denn sie hatte die unsichtbare Bindung zwischen Vater und Tochter bemerkt. Sie bemühte sich, jeden Kontakt, ja, sogar den flüchtigsten Wortwechsel zu unterbinden.

Und so ging es weiter. Jahr um Jahr. Bis vergangenen März.

5

Am Siebzehnten jenes Monats, den sonst nichts Besonderes auszeichnete, kehrte er ungewöhnlich früh nach Hause zurück. Die Nachricht vom steigenden Goldpreis hatte auch ihn in Erregung versetzt. Er beabsichtigte, einige Berechnungen anzustellen. Unter den übrigen Händlern, die noch bis vor wenigen Tagen versucht hatten, so viel Gold wie nur möglich abzustoßen, breitete sich Entsetzen aus, sie wirkten verstört und benommen. Und, vor Neid erblassend, stellten sie fest, daß Bartfuß, wie schon unzählige Male zuvor, das Unmögliche gelungen war.

Während er nun daheim über seinen Karteikärtchen saß, durchfuhr ein dumpfer Schmerz seine Brust, der so plötzlich verschwand, wie er gekommen war.

Doch kehrte er nach einer Weile zurück, um ihn diesmal nicht aus den Klauen zu lassen.

«Es tut so weh», stöhnte er.

Schlaftrunken betrat Rosa sein Zimmer.

«Hast du gerufen?» fragte sie. Als sie ihn aber gekrümmt vor dem Bett liegen sah, war sie plötzlich hellwach.

«Du bist krank! Ich rufe sofort einen Arzt.»

Kurze Zeit später erschien ein greiser Mann, der sich, eine Arzttasche in seiner Hand, aufmerksam umsah. Geduldig beugte er sich über den Kranken und befühlte seine Hand. Ohne eine Sekunde zu zögern, entschied er, Bartfuß müsse umgehend in ein Krankenhaus gebracht werden.

Nun war auch Brigitta erwacht. Mit dem erstaunten Blick

eines aus dem Schlaf gerissenen Wesens blieb sie im Türrahmen stehen.

«Was ist geschehen?» fragte Rosa den Arzt.

«Ein leichter Herzanfall, wahrscheinlich ein Geschwür... Was hat er in den letzten Tagen getan?»

«Das übliche.»

«Wie alt ist er?»

«Fünfundfünfzig.»

«Raucht oder trinkt er?»

«Nicht viel.»

«Was ist er von Beruf?»

«Kaufmann.»

So hatte er sie seit vielen Jahren nicht mehr über ihn reden hören. Die kurzen Fragen und Antworten flackerten wie Blitze in seinem Bewußtsein auf. Die kühle Hand, die ihn unaufhörlich betastete, behagte ihm, und ihm war, als werde sie von einem Unbekannten geführt.

«Was hat er zu Abend gegessen?» erkundigte sich der Arzt.

«Er hat nicht gemeinsam mit uns gegessen, sondern ist erst spät nach Hause gekommen.»

Der Arzt schien ihm nun eine diskrete Frage stellen zu wollen. Doch in Wirklichkeit neigte er sich über ihn, um ihn mit behutsamen Handgriffen geradezulegen. Rosa holte eilig ein Kissen aus dem Schrank.

«Mama, was ist passiert?» fragte Brigitta.

Und Rosa antwortete wütend:

«Hast du keine Augen im Kopf?»

Verstört trat Brigitta den Rückzug an.

Ungefähr eine Stunde später fuhr der Krankenwagen vor. Rosa trug ihr langes, geblümtes Kleid, wachsam lugten ihre Augen aus dem runden Gesicht. Der Arzt, der seine Instrumente längst zusammengepackt hatte, überreichte ihr ein

Stück Papier. Unterdessen taten die jungen Männer, die die Bahre herbeitrugen, eilig ihre Pflicht. Der Transport verlief ohne Zwischenfall.

Bartfuß spürte keinen Schmerz mehr, als er zu sich kam. Ein Gefühl der Erleichterung und Mattheit breitete sich in seinem Körper aus. In der Aufnahme herrschte ein hektisches Kommen und Gehen. Den Angehörigen war der Zutritt verboten. Als seien sie in einen Käfig gesperrt, drängten sie sich, um Aufmerksamkeit heischend, vor der Schranke, die ihnen den Weg abschnitt. Ein riesiger Ventilator surrte an der Decke des Raumes.

Er war wieder bei vollem Bewußtsein. Die leise Freude, die er unmittelbar vor dem Anfall empfunden hatte, kehrte in ihn zurück. Mit Befriedigung dachte er daran, daß er das Gold noch rechtzeitig in seinem Versteck deponiert hatte. Denn er war fest überzeugt, sie werde, sobald sie heimkomme, den Schrank, das Bett und all seine Kleider durchwühlen. Doch würde sie eine herbe Enttäuschung erleben: Nicht ein Geldstück würde ihr in die Hände fallen.

Das Versteck hatte er selbst gebaut. Es verbarg sich in der hintersten Ecke des Kellergeschosses, an einem trockenen, gut getarnten Ort, den niemand so leicht ausfindig machen würde und der zu gewissen Stunden des Tages unbemerkt zu erreichen war. Im Zustand der Ohnmacht, in dem er sich befand, stellte er sich genüßlich vor, wie sie zähneknirschend seinen Schrank durchstöberten und Decken ausschüttelten, ohne auch nur das Geringste zu finden.

Am frühen Morgen betrat Rosa sein Krankenzimmer. Ihr abgespanntes Gesicht zeugte von matter Besorgnis. Einen Augenblick lang glaubte er, sie werde ihn bitten, ihr «um der Kinder willen» das Versteck zu verraten. Aber er täuschte sich. Sie fragte ihn, wie er sich fühle.

«Besser», entgegnete er.

«Und was haben die Ärzte unternommen?»

«Nichts.»

«Haben sie nicht mir dir gesprochen?»

«Nein.»

Ihr gleichgültiges, emotionsloses Gesicht schaute ihn plötzlich argwöhnisch an, ein Ausdruck, der ihm wohl bekannt war.

«Wie geht es Brigitta?» fragte er unvermittelt.

«Sie ist zu Hause geblieben.»

Viele Jahre waren vergangen, seit er den Namen der Tochter zum letztenmal ausgesprochen hatte. Als sie zweieinhalb Jahre nach der Befreiung zur Welt kam, hatte Rosa darauf bestanden, sie Brigitta zu nennen. Das sei ihr Traum, hatte sie zu ihm gesagt. Da ihn die Namenswahl nicht im mindesten interessierte, stimmte er Rosas Vorschlag sogleich zu. Nur wenige Kinder wurden damals an jenem unsicheren Gestade geboren, und man gab ihnen Namen, die fremdartig klangen, wie Margareta oder Tolfina.

Nach den Jahren der Fremdheit empfand er nichts, als Rosa jetzt unerwartet an seine Seite trat. Aus nächster Nähe betrachtete er ihren rotgesprenkelten Hals, den goldenen Anhänger an ihrer Kette und ihre fleischigen Hände, die sie vor dem Bauch gefaltet hielt. Über ihr Gesicht hatte das Mißtrauen eine Miene kühler Zurückhaltung gespannt.

«Es geht mir viel besser», versuchte er sie von ihrer Pflicht zu erlösen.

«Aber was haben sie dir gesagt? Geben sie dir Medikamente?»

«Ich habe es dir doch schon erzählt», antwortete er kurz.

So blieb ihr nichts übrig, als sich im Zimmer umzuschen und die beiden anderen Kranken anzuschauen, die mit bleichen Gesichtern in ihren Betten lagen. Neben ihnen wirkte Bartfuß gesund.

«Bekommt ihr hier keine Decken?» fragte sie vorwurfsvoll.

Bartfuß erwiderte nichts. Voller Spannung wartete er auf den Moment, in dem sie ihn um Geld bäte. Auf welche Weise würde sie das Thema wohl anschneiden?

«Dann verlasse ich dich jetzt... Ich besuche dich bald wieder.»

Sie ging zur Tür.

«Beim nächsten Mal», sagte er sich.

Mittags kam er wieder zu Kräften. Er aß mit Appetit. Unvermittelt erschien Paula vor seinen Augen. Als sie ein Baby war, wirkte sie klein und schwach. Die Milch, die sie bekam, schien nicht ausreichend für ihre Ernährung. Nach monatelangem Ringen gelang es ihr dann, die Schwäche zu überwinden. Endlich begann sie zu wachsen. Rosa führte den Wandel auf die frischen Äpfel zurück, die sie bei den Bauern im Dorf kaufte.

Zu jener Zeit ging er ganz in den großen Schmuggelaktionen auf, die überall im Süden Italiens stattfanden. Wie im Taumel beteiligte er sich an ihnen. Mit Rosa sprach er kaum noch. Die Sonne, die auf die Küsten niederschien, brannte auf seiner Haut, und wenn er von seinen Ausflügen zurückkam, brach er nach Schlaf dürstend zusammen.

«Womit hast du zu tun? Was schmuggelt ihr?»

«Das geht dich nichts an.»

Tag um Tag nahmen seine Aktivitäten zu, auch das Risiko, das sie bargen, stieg an. Sein Gesicht wirkte dunkel, doch nicht allein von der Sonne – das Geheimnis, das ihn umgab, umschattete es.

Nach zwei Jahren begann sich die Schlinge um die Organisation zusammenzuziehen. Schon waren einige Mitglieder gefaßt, einigen war es gelungen, nach Sizilien zu fliehen.

Ein Tages sagte er zu ihr:

«Es läuft schlecht hier.»

«Was soll an diesem Ort schlecht sein?»

«Er ist in Ordnung, aber gefährlich.»

Sie schien nicht zu ahnen, wie verworren die Situation war, und er machte sich niemals die Mühe, es ihr zu erklären. Später sah sie all ihre Probleme in der überstürzten Abreise nach Palästina begründet.

In Jaffa angekommen, brach er den Kontakt zur Ungerschen Organisation ab, dem Handel aber blieb er treu. Von nun an betrieb er ihn in kleinerem Rahmen und ohne sich auf einen Partner zu stützen. Seine Liebe zu Rosa war wie von selbst verloschen. In aller Stille keimte die Feindschaft, bei jedem Satz, den sie sprachen, wuchs sie ein wenig.

Rosa verband sich hingebungsvoll und begehrlich mit ihren Töchtern. Als sie heranwuchsen, kleideten sie sich in dieselben Farben wie sie. Doch waren es nicht die Äußerlichkeiten allein, in vielerlei Hinsicht waren sie wie ihre Mutter. Mit achtzehn heiratete die Älteste einen jungen Mann von gedrungenem Wuchs, der aus einem abgelegenen Moschaw stammte. Bartfuß wechselte nur wenige Worte mit ihm, dann verfiel er in Schweigen. Die Stimme des Jungen schallte unangenehm laut in seinem Ohr. Rosa hingegen sah die Heirat als Erfolg an. Und so zog die Tochter kurze Zeit später in den Moschaw.

Zur Besuchszeit am folgenden Tag erschienen Rosa und Brigitta gemeinsam. Beide trugen sie in hellen Farben geblümte Kleider. Brigitta hielt sich hinter dem Rücken der Mutter verborgen, als ängstigte sie sich vor seinem Blick.

«Wie geht es dir?» fragte Rosa.

«Gut.»

«Was meinen die Ärzte?»

«Ich sage doch, es ist alles in Ordnung.»

Wieder ließ Rosa ihren forschenden Blick durch den

Raum schweifen. Unzufriedenheit zeichnete sich andeutungsweise auf ihrem Gesicht ab.

Indes stand Brigitta starr wie zuvor hinter dem Rücken der Mutter.

«Hat man dir wirklich nichts gesagt?» wiederholte sie ihre Frage, wobei ihre Lippen jedes Wort einzeln zu modellieren schienen.

«...ich hab dir Obst mitgebracht.»

«Wozu?»

«Ihr seid hier gewiß nicht ausreichend versorgt.»

«Im Gegenteil. Wir bekommen mehr als genug.»

«Ich weiß schon Bescheid», sagte sie in einem sehr weiblichen Tonfall.

«Ich will mich nicht mit dir streiten», erwiderte er.

«Aber natürlich, du hast ja immer recht.»

Der altbekannte Satz, den sie seit Jahren nicht mehr ausgesprochen hatte, schnellte ihm wie ein gezücktes Messer entgegen. Ein müdes Lächeln erschien auf seinen Lippen.

Mit offenem Mund stand sie vor ihm, Mißtrauen breitete sich über ihr Gesicht. Ihr durchdringender Blick spähte überallhin, als gelte es, Beweise für die Unzulänglichkeit seiner Unterkunft zu sammeln. Während sie sich mit einem Taschentuch die Stirn trocknete, bebte das Medaillon auf ihrer sich hebenden und senkenden Brust.

Er hatte das Schmuckstück in Italien gekauft, von einem Flüchtling, der sich auf dem Weg nach Australien befand. Zwar hatte ein entfernter Verwandter dem Mann eine Schiffspassage verschafft, ihm mit der Fahrkarte aber kein bißchen Bargeld geschickt. Das Medaillon war das einzige Andenken, das ihm von Zuhause geblieben war. Deswegen erklärte er sich nur unter einer Bedingung bereit – die freilich keine ernsthafte Verpflichtung darstellte –, es Bartfuß zu überlassen: Er gebe ihm das Medaillon als Pfand und sei berechtigt, es auszulösen, sobald er über die ausreichenden Mittel verfüge. Bartfuß widerstrebte es, die Übereinkunft mit einem Schwur zu besiegeln, und so reichte er dem Flüchtling einfach die Hand. Gewiß war sich der Mann der geringen Aussicht bewußt, das Schmuckstück je wiederzusehen, doch schien ihm Bartfuß' Versprechen in jenem Moment von größter Bedeutung. Dann stach der Fremde in See.

In manchen Nächten erschien er Bartfuß im Traum, dem es nach vielen Jahren schließlich gelang, die Anschrift des Mannes ausfindig zu machen, und er schrieb ihm einen langen, ausführlichen Brief, auf den er nie eine Antwort erhielt. Auch später mußte er immer wieder an den Fremden zurückdenken, dem er einst jenes Versprechen gegeben hatte.

Eines Tages erzählte er Rosa von seiner Absicht, das Medaillon wieder in die Hände seines Besitzers gelangen zu lassen.

Sie erwiderte schlicht:

«Versuche nicht allzu gerecht zu erscheinen. Das paßt nicht zu dir.»

«Es bedrückt mich», sagte er später einmal in jammerndem Ton.

«Die Geschichte bedrückt dich? Wo dich doch sonst so vieles gleichgültig läßt...»

Fortan erwähnte er auch dieses Thema nicht mehr. Es war Zeit, Abschied zu nehmen. Als die diensttuende Schwester die Besucher zum Verlassen der Krankenzimmer aufforderte, sagte Rosa zu ihm: «Ich gehe jetzt; morgen komme ich wieder.»

«Mach dir keine Umstände meinetwegen», war seine Antwort.

«Du bist krank, ich will nicht mit dir streiten», entgegnete sie und wandte sich zur Tür.

Brigitta trat einen Schritt zur Seite. Im Profil war sie das genaue Ebenbild ihrer Mutter. Wie einem kleinen Kind reichte ihr Rosa die Hand, und Brigitta ergriff sie bereitwillig. Gemeinsam gingen sie hinaus.

Die Ärzte waren zufrieden. Die Untersuchungen hätten bestätigt, daß sich sein Zustand gebessert habe. Und hätte er nicht daran denken müssen, daß Rosa am Nachmittag wiederkam, so hätte er die erzwungene Einsamkeit in vollen Zügen genossen. Da es auch mit seinem Bettnachbarn wieder bergauf ging, füllten sie die Zeit zwischen den Mahlzeiten mit einer Partie Schach aus.

Eines Abends näherte sich ihm ein anderer Patient. «Sie kommen mir bekannt vor.»

«Mein Name ist Bartfuß.»

«Dann sind Sie's tatsächlich. Wenn ich nicht irre, erzählt man die außergewöhnlichsten Geschichten von Ihnen.»

«Von mir?»

«Wenn Sie wirklich Bartfuß sind, dann haben Sie doch...»

Er wünschte, dem Mann nie begegnet zu sein. Doch fuhr dieser beharrlich fort: «Sagen Sie, wie...»

Die Augen des Mannes flehten ihn an.

Und Bartfuß antwortete ihm mit zitternder Stimme:

«Da gibt es nichts zu erzählen.»

«Nur ein einziges Wort! Es würde mir viel bedeuten.»

«Es gibt nichts, was zu sagen wäre, das wissen Sie selbst.»

«Aber es wird berichtet, Sie hätten wahre Wunder vollbracht...»

«Weshalb quälen Sie mich?»

«Erzählen Sie mir nur eine Kleinigkeit, und ich werde es Ihnen mein Leben lang danken.»

«Aber weshalb?»

Plötzlich reichte ihm der Fremde die Hand.

«Gestatten Sie mir, Ihnen die Hand zu geben.»

Bartfuß wollte schon auf die dürre, sich ihm entgegenrekkende Hand einschlagen, doch kam er rasch zur Besinnung. Er machte kehrt und flüchtete sich in den Waschraum.

Am folgenden Tag bereitete ihm Rosa eine Überraschung: Sie erschien in Begleitung der ältesten Tochter, die er, seit sie verheiratet war, nicht mehr gesehen hatte. Ihr Gesicht wirkte dunkel, und ihre Gestalt war die einer reifen Frau.

Ohne Umschweife fragte sie ihn:

«Wie geht es dir?»

«Gut», antwortete er.

«Du siehst hervorragend aus. Was hält dich noch hier?»

Bartfuß verschlug es die Sprache. Er lutschte an seiner Unterlippe, als suche er nach den passenden Worten.

Unterdessen fuhr Paula fort:

«Mutter ist sehr besorgt.»

«Die Dinge hängen nicht von mir ab», entgegnete er.

«Oh, doch. Es kommt allein auf den eigenen Willen an.»

Er gab keine Antwort.

In den Monaten vor Paulas Hochzeit hatten sie einander erbitterte Kämpfe geliefert. Bartfuß hatte eine Summe als Mitgift bestimmt, die Paula und ihre Mutter für beschämend gering hielten. Er aber behauptete, er habe nicht mehr. Dieses Konfliktes wegen weigerte er sich schließlich, zur Hochzeit in den Moschaw zu kommen. Paulas Mann traf er einige Male zufällig in Jaffa, doch vermochte der Junge keinerlei Sympathie in ihm zu erwecken.

Während der tagelangen Gefechte waren Worte gefallen, die nie zuvor gesagt worden waren. Natürlich ging es immer um Geld. Wo hielt er es verborgen? Bartfuß aber bestritt, über mehr zu verfügen, als er zu geben bereit war. Es war ein Versteckspiel. Jeder kannte die Wahrheit genau, oder tat wenigstens so, als kenne er sie. Oft hatte Rosa den Töchtern erzählt, ihr Vater besitze Geld in Hülle und Fülle, aber er verstecke es vor ihnen an einem geheimen Ort. Mit dieser Geschichte waren sie aufgewachsen.

«Gut siehst du aus», sagte Paula noch einmal.

Ihre Worte klangen ihm angenehm in den Ohren, doch stellte sich sogleich Ernüchterung ein. Sollte sie wirklich so unschuldig sein, wie sie tat? Meinte sie in ihrem Herzen nicht: Gut, daß er am Leben ist – solange wir das Versteck nicht gefunden haben, brauchen wir ihn lebendig? Als er ihre wahren Absichten begriff, stieg jener tief in ihm schlummernde Zorn wieder auf. Paula war raffiniert, sie verstand es, ihre Gedanken nicht durchscheinen zu lassen. Statt dessen plauderte sie über das Leben im Moschaw und ihr zweijähriges Töchterchen.

Bartfuß stellte keine Fragen. Er hielt es für ratsam, Zurückhaltung zu üben, denn er befürchtete, sich zu verfangen, sich zu entblößen und Dinge zu offenbaren, die er geheimhalten wollte. Ihre Verschlagenheit hatte Paula anscheinend von ihm geerbt, diese kleine Entdeckung erfreute ihn. Doch nur einen Moment lang. Sogleich zwang er sich wieder, Vorsicht walten zu lassen.

Paula fuhr in ihrer Erzählung fort, in einer knappen, maßvollen Sprache. Auch das hatte sie wohl von ihm gelernt.

Neben ihr stand Rosa und beobachtete aufmerksam das Geschehen. Er konnte ihr ansehen, wie sie sich zurückhielt und nur hin und wieder ein Wort sagte, um Anteilnahme zu demonstrieren.

Schließlich bemerkte Paula:

«Ich muß heim.»

Rosa strich sich über das Kleid und holte eine kleine Schachtel aus ihrer Handtasche hervor. Ohne zu fragen, legte sie sie auf das Schränkchen neben seinem Bett.

«Was ist das?» fragte Bartfuß, indem er sich erschrocken aufrichtete.

«Obst.»

Obwohl sie auch diesmal das Geld nicht erwähnt hatten, bezweifelte er, daß sie überhaupt zu ihm kämen, wenn es nicht genau darum ginge. Die Vorstellung, daß sie ihn brauchten, bescherte ihm ein leises Vergnügen. Von nun an würden sie jeden Tag an sein Bett treten.

Je besser er sich fühlte, desto deutlicher erkannte er, wie fade ihm ein Leben ganz ohne Kaffee und Zigarettenrauch vorkommen würde. Immer wieder verfiel er in Grübelei. Er bemühte sich nach Kräften, die Ritzen zu stopfen, durch die seine Gedanken hereinbrachen. In den vergangenen Jahren war es ihm beinahe vollständig gelungen. Nun aber spürte er deutlich, daß er sie nicht länger aufhalten konnte – Italien ... Rosa in jener Zeit ... niemand heiratete damals ... für jeden von ihnen war es nur eine Phase des Übergangs, man liebte, schmuggelte und aß sich satt ... niemand wußte genau, was er mit seiner geretteten Haut anfangen sollte, obgleich ein jeder zu großen Taten berufen schien ...

Bald darauf war er wieder gesund. Man empfahl ihm, sich zu Hause noch eine Weile Ruhe zu gönnen. Es sei zwar nur ein leichter Anfall gewesen, «ein Beinahe-Anfall», scherzte der Arzt, aber dennoch müsse er sich auf jeden Fall schonen.

Eines Nachmittags kehrte er nach Hause zurück. Rosa war überrascht.

«Haben sie dich schon entlassen?»

«Ja.

Die Tür seines Zimmers stand offen. Auf dem Bett sah er zwei Illustrierte liegen. Wer hatte sich dort breitgemacht?

Unwillkürlich entfuhr ihm die Frage:

«Hat jemand auf meinem Bett gelegen?»

«Ja. Dein Schwiegersohn Schuki», erklärte sie ihm. Auch

ein zweiter Stuhl war ins Zimmer gestellt worden, in dem ohne Zweifel ein anderer seinen Platz eingenommen hatte. In der Luft hing Zigarettenrauch. Jetzt war er ganz sicher: Sie hatten selbst die Dielen zu lockern versucht. Insgeheim genoß er die Vorstellung, daß sie sich tagelang umsonst abgemüht hatten.

Er konnte sich nicht länger zurückhalten:

«Was geht hier vor?»

«Ich verstehe nicht, worauf du hinauswillst.»

«Ich habe dir eine konkrete Frage gestellt.»

«Nichts geht hier vor. Du siehst es doch selbst.»

Er öffnete den Schrank. Überall sah er die wühlenden Hände – und jede weitere Frage erübrigte sich. Rosa verhielt sich still. Ihr Schweigen schien seine Befürchtungen zu bestätigen. Sie haben also alles auf den Kopf gestellt. Vor einigen Jahren hatte er seinen Schatz tatsächlich unter den Dielen versteckt, doch kam ihm dann eines Tages der Gedanke, Rosa könnte versuchen, die Tür aufzubrechen. Selbstverständlich hatte sie sich die Gelegenheit, die sein Krankenhausaufenthalt geboten hatte, nicht entgehen lassen.

Nach einer Weile zog Rosa sich zurück. Er schloß die Tür und legte sich auf das Bett. Er lauschte. Die wohlbekannten flüsternden Laute drangen deutlich an sein Ohr.

«Er ist zurück», verkündete sie.

«Was tut er?» wollte Brigitta wissen.

«Da fragst du mich?»

«Wie sieht er aus?»

«Wie immer.»

Mehr denn je zuvor bedienten sie sich des Wörtchens «er». Bartfuß war diese Sprache in all ihren Nuancen vertraut. Ihm war es, als hätten sie sie noch verfeinert und endgültig allen Gefühls entblößt.

Trotzdem war er froh. «Ich lebe.» Niemals hatte er sich

erlaubt, seiner Selbstsucht freien Lauf zu lassen, doch mit einemmal schwoll sie an wie ein triumphierender, alles erschütternder Trompetenklang.

Er wartete ab, bis das Tuscheln verstummte, dann brach er auf. Draußen dunkelte es bereits. Eine festliche Stimmung herrschte in den Straßen. Die Leute strömten zum Strand. «Wohin lauft ihr?» wollte er sie fragen, als wären sie alte Bekannte. Doch begegnete er keinem einzigen vertrauten Gesicht. Jeder war allein auf den Weg konzentriert.

Tina fragte ihn, wo er gewesen sei.

«Wir haben Sie lange nicht gesehen.»

Ihm fiel auf, daß sie in der Mehrzahl sprach: «wir» hatte sie gesagt. Also war auch anderen Gästen seine Abwesenheit aufgefallen. Tinas Worte stimmten ihn froh. Tina war eine einfache Frau, in deren Bewegungen die Jahre der Leiden deutliche Spuren hinterlassen hatten. Und als sei sie nicht die Besitzerin des Gasthauses, sondern nur eine normale Kellnerin, bemühte sie sich, die Gäste stets aufmerksam und ergeben zu bewirten. Sie servierte ihnen eine einfache Kost. Eine leise Freude durchströmte ihn, die ihn auch später, als er wieder auf die leere Straße hinaustrat, nicht mehr verließ.

«Ich fange wieder an zu leben.»

In einem kleinen Café begegnete er Dorf, den er vor vielen Jahren aus den Augen verloren hatte. Wie Bartfuß hatte er den Krieg in einem der Nebenlager verbracht, in der Nähe des berüchtigten Lagers S. Auch er hatte überlebt, aber das war eine seltsame Geschichte. Eines Tages hatten sie ihn aus dem Lager geschleppt, um ihn zu erschießen. Doch obgleich sie viele Schüsse auf ihn abfeuerten, wurden seine lebenswichtigen Organe von keiner Kugel getroffen. Und zu alle dem sollte noch ein weiteres Wunder geschehen. In den Kleidern eines Leidensgenossen, der tot am Boden lag, fand er eine Flasche Wasser und ein paar Scheiben Brot. Davon ernährte er sich in den folgenden Tagen, und so schien er wieder zu Kräften gekommen zu sein. Es gelang ihm, auf allen vieren den Kilometer entfernten Wald zu erreichen, und ihm blieb noch genügend Brot, um sich eine Weile davon zu ernähren. Als Bartfuß in jenen Wald gelangte, war Dorf bereits gesundet, von Zuversicht und Lebenswillen erfüllt.

Sie versteckten sich einige Monate in einem Erdloch, das sie mit den Händen gegraben hatten. Indes zogen die Deutschen mit ihrem Troß die Landstraße entlang, das Ächzen ihrer Gefährte verkündete ihren Untergang. Und während dieser seinen Lauf nahm, lernten Bartfuß und Dorf, dem Schicksal wieder zu trauen.

Als der Krieg vorüber war, gingen sie beide wie selbstverständlich ihren eigenen Weg. Ein locker geschnürtes Bündel, das auseinanderfällt. Doch sollten sie sich noch ein letztes Mal in Neapel begegnen, bevor sie sich endgültig für lange Zeit aus den Augen verloren. Später hatte er Dorf zufällig in Jaffa wiedergetroffen; er hatte feist und ungepflegt ausgesehen.

Seitdem waren Jahre vergangen.

Nun trat Dorf auf ihn zu und sprach ihn so sanft an wie ein Bruder.

Zunächst erwiderte Bartfuß nichts. Erst nach einem Moment rief er verlegen: «Entschuldige! Ich habe dich nicht erkannt. Das ist ja schon Jahre her... Was tust du, geht es dir gut?»

«Ich arbeite im Hafen. Und du?»

«Nichts Besonderes.»

«Machst du Geschäfte?»

«So ungefähr.» Ein seltsames Lächeln breitete sich über Bartfuß' Gesicht.

«Du meinst, du handelst nicht – wie soll ich es ausdrükken... Laß mich deine Hände ansehen.»

Bartfuß streckte ihm seine weißen Hände entgegen. Plötzlich fühlte er sich von diesem Freund, den er nach so langer Zeit wiedersah, in die Enge getrieben.

Dorf befand:

«Diese Hände haben seit Jahren nicht gearbeitet.»

«Was willst du eigentlich von mir?» versuchte Bartfuß ihn abzuschütteln.

«Nichts. Meinetwegen kannst du tun, was du willst. Ich hab nicht vor, dich zu verraten.»

«Worauf willst du hinaus?» erhob Bartfuß seine Stimme.

«Wie soll ich es ausdrücken? Ich bin kein guter Redner. Aber du wirst mich sicher auch so verstehen...»

«Also...», fuhr Bartfuß ihn an.

«Du bist frei, zu tun, was du willst. Ich werde mit niemandem darüber sprechen. Aber warum hier – wozu dieses Land beschmutzen?»

«Ich verstehe», antwortete Bartfuß und erhob sich von seinem Stuhl.

«Das wollte ich dir sagen.»

«Ich habe schon verstanden.»

Bartfuß kehrte ihm den Rücken. Dorf rührte sich nicht von seinem Platz.

Als er das Café verlassen hatte, ging er am Strand entlang. Die feuchte, salzige Luft beruhigte ihn und verflüchtigte seinen Zorn. Doch nagte ein fremdes, unbestimmtes Gefühl an ihm. Die Worte, die Dorf gesagt hatte, stammten nicht wirklich von ihm, er hatte sie auf irgendeiner Versammlung gehört, vielleicht hatte sie ihm jemand ins Ohr geflüstert. Dorf hatte nie etwas für Vorurteile übrig gehabt, monatelang waren sie in den Wäldern gewesen, und kein einziges Mal hatte er sich eines Klischees bedient. Nicht die Beleidigung, die Dorfs Worte in sich bargen, sondern seine seltsame Voreingenommenheit schmerzte ihn. Je weiter er lief, um so fester glaubte er: Der Mann, der ihn angesprochen hatte, konnte nicht Dorf sein. Dorf war in den Wäldern gestorben. Der hier umherging, war nichts als ein böser Schatten von ihm.

6

Seine Krankheit ging ihnen nicht aus dem Sinn, als hätten sich unverhofft neue, verheißungsvolle Gefilde vor ihnen aufgetan. Habgier und Verschlagenheit mengten sich in die aufkeimende Hoffnung. Und vor allem Wachsamkeit. Was tut er gerade, was hat er vor? Viele Stunden des Tages saßen sie bei Tisch und schienen eifrig bemüht, ihre Hoffnung lebendig zu erhalten. Rosa bereitete ihnen sommerliche Gerichte, die die Bauern «Lebenssuppen» nannten. Indessen erzählte sie unermüdlich von den ländlichen Gebräuchen, von Aussaat und Ernte. Der Schwiegersohn machte ihr voll Überschwang Komplimente und neckte zugleich seine eigene Frau.

Rosa sah seltsam aus in jenen Tagen. Kummer und tückische Freude vermischten sich auf ihrer Stirn. Oft sprach sie von der schlimmen Zeit, die hinter ihr liege, als gehöre sie bereits endgültig der Vergangenheit an. Paula und ihr Mann hingegen beurteilten die Dinge mit einem ernüchternden Realitätssinn. Sie trauten dem Augenschein nicht. Solange Bartfuß noch unter ihnen weile, bestehe kein Anlaß, auf Großes zu hoffen. Rosa aber glaubte an verborgene Kräfte – schon bald werde sie das Glücksrad begünstigen.

Manchmal stellte Brigitta Fragen, die jedoch stets ohne Antwort blieben. Zwar versprach Rosa, es ihr später zu erklären, doch war sie in jener Zeit zu sehr mit ihren eigenen Problemen beschäftigt. Und so schalt sie das Mädchen bei jedem Schritt, den es tat.

Ständig hockten sie beisammen und unterhielten sich. Worüber wurde an diesen Abenden nicht alles geredet? Selbst wehmütige Töne erklangen. Nur der Schwiegersohn blieb unerbittlich; mit der Nüchternheit, die seinem Charakter entsprach, formulierte er seine Gedanken. Die Juden seien nicht umsonst so unbeliebt. Krämer, Makler und Geldverleiher – solche Leute verdienten nichts anderes als Haß. Doch hielt ihn seine Überzeugung keineswegs davon ab, selbst unter die Betrüger zu gehen. Hieß es nicht: Begib dich unter die Missetäter, und du wirst einer von ihnen?

Wenn er nachts heimkam, erriet er schon am Geruch, wer dagewesen und was vor sich gegangen war. Stand im Korridor Zigarettenrauch, dann war er sicher, daß noch vor kurzem die Tochter und ihr Mann mit am Tisch gesessen hatten. Sie hatten Kaffee getrunken und Kerne geknabbert, Rosa hatte ihnen ihr neugekauftes Kleid vorgeführt und der Schwiegersohn von Aktienkursen geredet, als sei er ein Fachmann. Rosa verehrte ihn, und so pflegte sie bewundernd von seinen «goldenen Händen» zu sprechen. Und immer wieder erinnerte sie daran, «der arme Mann» sei gar nicht so arm, tatsächlich besitze er viel Geld. Wo er es versteckt habe, das sei die einzige Frage, und je seltener sie sie aussprachen, desto intensiver spürten sie ihre Gegenwart.

Selbst in den süßesten Momenten ihres Zusammenseins hatte er Rosa nie in seine Geschäftsgeheimnisse eingeweiht. Gewiß, vor vielen Jahren hatte er Andeutungen gemacht, um sie zu beruhigen. Sie hatte nicht glauben sollen, sie seien arm. Doch war er stets davor zurückgeschreckt, ihr eine Summe zu nennen.

«Du hast kein Vertrauen zu mir», versuchte sie ihn gelegentlich mit sanfter Stimme zu umschmeicheln.

«Nicht einmal mir selbst darf ich in diesen Dingen vertrauen.»

«Du liebst mich nicht.»

«Aber natürlich liebe ich dich.»

Seitdem waren mehr als zwanzig Jahre vergangen, die von der einstigen Nähe nichts als dieses fluchbeladene Geheimnis übriggelassen hatten. Von Kindesbeinen an hatten die Töchter zu hören bekommen, ihr Vater sei nicht so seltsam, wie er scheine, vielmehr besitze er einen Schatz, den er vor ihnen verborgen halte. Gäbe er Paula nur ein kleines bißchen davon, bräuchte sie nicht länger arbeiten zu gehen.

Als er eines Abends die Wohnung betrat, verriet ihm die Konzentration des Rauches, daß sie eine außergewöhnlich lange Sitzung abgehalten hatten. Bei belegten Brötchen, Kaffee und Sprudel hatte der Schwiegersohn eine neue Strategie vorgeschlagen. Doch brachte ihn diese Neuigkeit, die er aus dem im Raum hängenden Qualm filterte, nicht aus der Ruhe. Er begab sich zu Bett, um sehr bald in einen köstlichen Schlaf zu fallen.

Erst am nächsten Morgen erfaßte ihn Ratlosigkeit. Er schloß die Tür und schlich aus dem Haus. Das Meer verschaffte ihm schließlich Erleichterung, und der rötliche Schein verschwand aus seinem Blick.

Wie gewöhnlich ging er zum zweiten Kaffee ins Rex. Es war leer. Wie er so dasaß und trank, erinnerte er sich plötzlich an Dorf, den er seit ihrem bitteren Zusammentreffen nicht wiedergesehen hatte. «Ich schulde ihm nichts», sagte er zu sich selbst. Doch entfachte der Satz ein Unwohlsein, das er seit langem nicht mehr empfunden hatte. In dieser Stadt lebten Leute wie Dorf oder Scheer, die seine Freunde gewesen waren, von denen er sich aber im Laufe der Jahre immer weiter entfernt hatte. Scheer hatte sich im Zentrum ein großes Geschäft für Haushaltsgeräte aufgebaut, dem er sich aufopfernd widmete.

Der schöne, mutige Scheer – er hatte so viele großartige

Ideen gehabt. Als er dann aber in Palästina ankam, begann er sich von Grund auf zu wandeln. Zunächst änderte sich nur sein Äußeres, später auch sein Verhalten. Er schloß sich ein wie ein Besitzender, der eifrig sein Eigentum mehrt, und die Frau, die er heiratete, war ebenso strebsam wie er. Seit der Hochzeit war kein Jahr vergangen, und schon erweiterte er sein kleines Unternehmen, indem er ein größeres Gebäude in der Stadtmitte erwarb. Unterdessen verwischten sich die markanten Züge seiner Erscheinung. Er nahm zu, und die Schirmmütze, die er trug, verlieh ihm das Aussehen eines gewöhnlichen Kaufmanns.

Er hatte mit Scheer herrliche Zeiten in den Wäldern und danach in Italien verbracht. Scheer war ein hervorragender Kletterer und Schwimmer gewesen, und wenn es die Situation erforderte, konnte er auch zuschlagen und verstand, sich geschickt aus der Affäre zu ziehen. All sein Handeln, noch die riskantesten Taten, zeichneten sich durch Vollkommenheit aus, er schien wie für das Wagnis geschaffen. Lange zögerte er, nach Palästina zu gehen, ständig erfand er neue Ausreden, um den Aufschub der Reise zu rechtfertigen. Doch letztendlich ließ er sich überreden, und so kam er hierher.

Seine Ankunft fiel in jenen hitzigen Juli, der nicht allein die Luft, sondern auch die Gemüter zum Glühen brachte. Nur bei Scheer war es anders. Die Hitze schien ihn auf eigenartige Weise zu besänftigen. Ganz allmählich begann sich seine Erscheinung zu wandeln, niemand hätte voraussagen können, was aus ihm würde. Schließlich entpuppte er sich als mißtrauischer Geschäftsmann.

«Was ist mit dir los?» fragten ihn seine Freunde, so, wie man mit einem Kranken zu reden pflegt.

«Was soll sein?»

«Woran denkst du?»

«An nichts Besonderes.»

Und das schien die Wahrheit zu sein.

Mehr und mehr ähnelte er seinen Vätern, die allesamt Händler gewesen waren. Auch wandte er sich ihrem Glauben zu.

In der ersten Zeit trafen sie einander noch, um sehnsüchtig die Vergangenheit heraufzubeschwören. Doch bald wurden sie einander fremd, Bartfuß begann sich in Scheers Gesellschaft unwohl zu fühlen. Am Ende verabscheute er ihn regelrecht, so daß er den Kontakt zu ihm abbrach. Seit Scheer sein Unternehmen vergrößert hatte, gingen die Geschäfte immer besser. Zur selben Zeit wurde er in den Bezirksrat gewählt, später soll er auch einer Partei beigetreten sein.

Bartfuß hatte niemanden in dieser Stadt, der ihm wirklich nahestand. Und wäre er in Gedanken nicht bei seinem verborgenen Schatz gewesen, wäre zur Einsamkeit noch die Trostlosigkeit hinzugekommen. In seinem Versteck befanden sich dreißig Goldmünzen, fünftausend Dollar, zwei Perlenketten, einige Armbanduhren, ein paar Photographien von seiner Mutter, ein Paßbild des Vaters und ein kleines Photo der Schwester, das anscheinend in der Schule aufgenommen worden war. Das waren die Dinge, die ihn berührten, denen allein er die freundlichsten seiner Gedanken widmete – wie einer geliebten Frau. Dieser Schatz lagerte in einer bescheidenen Kiste aus Stahl, die er erstaunlicherweise mit einem dekorativen Schloß versehen hatte.

Hin und wieder wurde er mißtrauisch. Dann stieg er hinab, um die Kiste aus ihrer Ecke hervorzuziehen. Genaugenommen war es absurd, sie in dem verrotteten Keller aufzubewahren, in den Wind und Wetter einbrachen und der zum Stöbern geradezu einlud. Doch obwohl sich Bartfuß dieser Tatsache bewußt war, dachte er sich kein neues Versteck aus.

Eine Woche nachdem er sich von seinem Krankenlager

erhoben hatte, schickten sie Paula zu ihm, die mit ihm reden sollte. Es war bereits spät am Abend.

«Wer ist da?» «Ich bin's.»

Er erkannte sogleich ihre Stimme.

Sie trug ein braunes, weit ausgeschnittenes Kleid. Das Haar fiel ihr ins Gesicht, und sie verströmte den schweren Duft von Parfüm. «Ich möchte mich gern mit dir unterhalten», setzte sie an.

Bartfuß senkte den Blick.

«Mama quält sich die ganze Zeit.»

«Wie kommst du darauf?» wies er die gespielte Vertraulichkeit barsch zurück.

«Kannst du es dir nicht denken? Weil sie nicht genügend Geld hat, muß sie ein karges Leben fristen. Vor allem jetzt, da Brigitta erwachsen ist und etwas zum Anziehen braucht.»

Ihre Stimme klang einschmeichelnd. Wahrscheinlich gelingt es ihr, ihren Mann in diesem Ton zu beschwatzen, dachte er bei sich.

«Ich gebe ihr, was ich habe.»

«Willst du jetzt alles aufrechnen?»

«Was soll das bedeuten? Ich versteh nicht, worauf du hinauswillst.»

«Du brauchst Ruhe.»

«Aber ich bin wieder gesund.»

«Natürlich bist du gesund, und du siehst auch gut aus. Aber weshalb willst du deine Familie nicht an deiner Zukunft beteiligen?»

Die Familie beteiligen. Diese Redewendung war neu. Sie hatte sie offenbar von ihrem Mann übernommen. Der üble Geruch des Betrugs ging von diesen Worten aus. Auch was sie dann sagte, stammte nicht von ihr selbst, jedenfalls hatte sie es nicht in seinem Haus gelernt.

Aus Rosas Zimmer war nicht das leiseste Geräusch zu vernehmen. Die anderen saßen dort und hörten aufmerksam zu, er konnte ihre Anspannung geradezu fühlen.

«Ich verstehe nicht, wovon du redest.»

«Ich meine, du solltest sie stärker beteiligen als bisher. Sprechen wir es doch ganz offen aus: Was soll geschehen, wenn du wieder erkrankst?»

Er sah ihr fest in die Augen.

«Ich habe nicht vor, so bald wieder krank zu werden.» Seine Worte waren von Ablehnung geprägt. «Seid unbesorgt.»

Paula schien einen Moment lang verwirrt, doch dann faßte sie sich rasch wieder. «Unterliegen Krankheiten denn dem eigenen Willen?» fragte sie ihn.

«Ich weiß es nicht... aber wie dem auch sei, ich werde mich bemühen, es zu vermeiden.»

«Und was soll Mama tun, wenn es trotzdem wieder soweit kommt?»

Er glaubte, die wahre Bedeutung ihrer Frage zu erkennen: Was sollte geschehen, wenn er sterben würde?

Aufgeregt entgegnete er: «Du kannst ganz ruhig sein! So schnell verlaß ich euch nicht.»

Er bildete sich ein, jemand warte vor der Tür und könne jeden Moment schreiend hereinbrechen. Aber das war eine Sinnestäuschung. Wie zuvor saßen sie lauschend im anderen Zimmer.

Paula machte eine eigentümliche, sehr weibliche Bewegung, dann fuhr sie fort: «Weißt du denn nicht? Mama muß eine besondere Diät halten.»

Das war gelogen. Rosa hatte kein einziges Mal über gesundheitliche Beschwerden geklagt, es war ihr stets nur ums Geld gegangen, das sie großzügig für Kleider und Kosmetika ausgab.

«Davon hör ich heute zum erstenmal.»

«Wenn du nur wüßtest! Mama muß genauestens auf ihre Ernährung achtgeben», sagte Paula mit einer femininen, leicht gedehnten Intonation.

... und was verlangst du von mir?»

«Anteilnahme.»

Er wußte: Anteilnahme bedeutete mehr Geld.

Von nun an versammelten sie sich allabendlich zu Kaffee und belegten Brötchen. Der Geruch von gebratenen Plinsen zog bis spät in der Nacht durch die Wohnung. Die Belagerung hatte begonnen. Doch löste sie nicht die leiseste Unruhe in ihm aus. Vielmehr genoß er es, ihre unbeholfenen Versuche still zu beobachten.

In den vielen Stunden am Meeresstrand betörte er sich am Duft der leichten Brise, der ihm fast die Sinne nahm. Hier fand er Zuflucht, er sank auf einer Bank nieder und nickte ein. Aber nicht alle Tage vergingen auf diese Weise. Bisweilen sehnte er sich nach seinen Freunden. Einer nach dem anderen waren sie von ihm abgefallen, doch schien von der Freundschaft noch ein wenig lebendig zu sein. Und da er einsam war, gab er sich immer öfter dem Gedanken an seinen Schatz hin. Die Vorstellung, er liege still unter der Erde, weckte in ihm Verlangen wie eine hingebungsvolle Frau.

Eines Abends spürte er auf dem Heimweg, daß etwas mit ihm nicht in Ordnung war. Wieder sah er ein rötliches Flakkern, doch erschien es ihm diesmal deutlicher, schwarze Pünktchen tanzten ihm insektengleich vor den Augen. Eilig kehrte er in eines der kleinen Cafés ein. Und nach einem Glas Tee fühlte er sich bereits besser.

Eine mittelgroße, kräftige Frau betrat das Lokal. Ihr gepunktetes Sommerkleid erinnerte an jene Kleider, die man vor dem Krieg getragen hatte. «Das ist doch...», murmelte er unwillkürlich vor sich hin. Ein Gesicht tauchte aus der

Vergangenheit auf und nahm Gestalt an, allein der dazu passende Name fiel ihm nicht ein.

Immer wieder näherte sich sein Blick dieser Frau: Ihr Leib war vollschlank und solide gebaut, der entblößte Rükken fleckig von der Sonneneinwirkung und ein wenig gekrümmt. Ihr volles Gesicht ließ keine Anmut erkennen. Hier und da perlten ein paar Schweißtropfen über ihre Haut.

Und während er noch sprachlos zu ihr hinstarrte, traf ihn der Name wie ein Blitz: Thérèse!

Ein Jahr hatte der Marsch gedauert zu jenem kleineren Lager, das für seine Grauen bekannt gewesen war. Unterwegs waren ihm viele Gesichter begegnet, doch kein einziges, das einem menschlichen Wesen ähnlich sah. Ausgehungert und in Waggons gepfercht, hatte sich ein jeder dem andern verschlossen und gelernt, noch mit letzter Kraft zu stehlen und zu treten wie das Vieh. Nach und nach verblaßten alle Gefühle. Das Leid war abscheulich. Und hätten die Leute nicht auf das Ende des Krieges gehofft, wären die Qualen noch schrecklicher gewesen.

Er war ihr auf einem abgelegenen Speicher begegnet. Er war siebzehn, ohne Vater und Mutter, dürr und von Todessehnsucht erfüllt. Alles erschien ihm düster und aussichtslos – und dann, unverhofft, Thérèses Gesicht! Er hatte um sich herum viele andere Gesichter gesehen, alle mager und von Schmerz entstellt. Ihre Züge aber waren von einem reinen Leuchten bedeckt, das den Grundfesten des Himmels entsprang. Die ganze Nacht lang unterhielten sie sich über die «Brüder Karamasow». Das Buch war in jenem Jahr Thema des Literaturunterrichts gewesen, der nachmittags in der Bibliothek des Gymnasiums stattfand. Es hatte großes Interesse bei den Schülern geweckt, und sie versuchten sogar, es als Theaterstück einzustudieren. Auch später, als sie bereits aus der Schule gewiesen und im Ghetto waren, trafen sie sich weiter, um in einem Keller miteinander zu lesen und zu diskutieren. Eines Abends war sie nach Hause zurückgekehrt und hatte ihre Eltern nicht mehr gefunden.

Sie hatten vor Niedergeschlagenheit selbst den Hunger vergessen. Und doch konnte sich Thérèse an jede Einzelheit aus dem Buch erinnern, das gesamte erste Kapitel kannte sie auswendig. Andächtig lauschte er der leisen Stimme, die ihr aus dem Herzen zu sprechen schien.

Ihnen sollte aber nicht einmal Zeit bleiben, um Abschied zu nehmen. Peitschenhiebe rissen sie im Morgengrauen aus dem Schlaf.

«Ist das wirklich Thérèse?» fragte er sich und schüttelte die Erinnerung von sich ab.

Gewiß, das muß sie sein.

Ich muß sie begrüßen. Sicher erkennt sie mich.

Er war glücklich. Wie gebannt saß er da.

Plötzlich betrat ein Mann das Café und rief laut: «Hier sitz ich nicht gern!» – fast wie ein Befehl, als treibe er Tagelöhner zur Arbeit an.

Thérèse sah zu ihm hin, sagte aber kein Wort.

«Ich hab mit dir gesprochen», fuhr er im gleichen Ton fort.

«Was gefällt Ihnen denn nicht, mein Herr?» schaltete sich der Wirt ein; wie ein Fremdenführer zeigte er mit den Händen auf die Ausstattung seines Lokals.

«Mit dir redet kein Mensch», erwiderte der Mann, ohne den Blick von Thérèse zu lösen.

Thérèse aber machte keine Anstalten, sich zu erheben.

Der Mann näherte sich ihrem Tisch.

«Du siehst es doch selbst, es ist viel zu voll hier. Komm mit raus auf die Promenade. Da gibt's besseren Kaffee und Kuchen.»

Thérèse rührte sich nicht.

«Wie du willst. Dann geh ich eben allein. Ich werd nicht versuchen dich umzustimmen», sagte er und wandte sich von ihr ab.

Zweifellos, das muß Thérèse sein.

Er hatte die Erinnerung an jene Nacht viele Jahre in seinem Herzen bewahrt. Immer wieder hatte er die Anfangszeilen des Buches gehört, die für ihn wie ein Lied klangen. Zwar hatte er die Worte später vergessen, nicht aber die Melodie: In manchen Nächten weckte sie ihn aus dem Schlaf.

Der Mann hielt im Türrahmen inne.

«Ich gehe. Es wird dir noch leid tun.»

Ihre Hände lasteten bleiern auf dem Tischchen, das vor ihr stand. Nach einer Weile sagte sie zum Wirt: «Bring mir einen Toast und Kaffee.»

«Was will der von dir?» fragte sie der Wirt voller Neugier.

«Was weiß ich.»

«Sonst ist er doch ganz verträglich», sagte der Wirt, während er den Toast zubereitete. Er forderte die Serviererin auf, Kaffee zu machen.

Bartfuß' Blick war für Sekunden von diesen banalen Handgriffen wie gefangen. Gedankenleer sackte er in sich zusammen und sah nichts als den rötlichen Schimmer, der sich überraschend zu wandeln schien.

Die meisten Leute waren inzwischen gegangen, es blieben allein die Schatten, die von der Straße in das Café fielen. Unermüdlich schwang der Ventilator seine metallenen Flügel. Sie saß aufrecht auf ihrem Stuhl und füllte ihn ganz aus. Dann wurden der Toast und der Kaffee serviert. Sie gab zwei Teelöffel Zucker hinein und rührte ihn um.

Er konnte an nichts anderes mehr denken.

Ist das wirklich Thérèse? Mit einemmal zweifelte er an der Richtigkeit seiner Annahme.

Ohne zum Wirt aufzuschauen, rief sie:

«Bekommt man bei euch kein Wasser mehr zum Kaffee?»

«Thérèse», rief der Wirt, «du scheinst heute nicht besonders geduldig zu sein.»

«Ich hab allen Grund, mich zu ärgern.»

«Bin ich etwa schuld daran?»

Sie antwortete ihm nicht. Scheppernd rückte sie ihren Stuhl näher an den Tisch heran. Nun konnte er deutlich ihren breiten, von der Sonne rotgefleckten Rücken sehen.

«Merkwürdig», sinnierte der Wirt, «normalerweise ist er doch eher ein ruhiger Mensch... Noch einen Toast?»

«Nein, danke», sagte sie.

Dann schwieg sie wieder. Aber es war kein sanftmütiges Schweigen: Ihre Lippen kräuselten sich vor Abscheu.

«Eine Waffel!» sagte sie unvermittelt mit veränderter Stimme.

«Sofort», rief der Wirt zurück.

Er stieg von seinem leicht erhöhten Podest herab und trat auf sie zu, wie man sich gewöhnlich einem störrischen Tier nähert.

«Thérèse», sagte er. «Ich erfülle dir gern jeden Wunsch – doch nicht, wenn du in diesem Ton mit mir sprichst.»

«Er hat mich wütend gemacht.»

«Was hat das alles mit mir zu tun? Behandle ich dich nicht korrekt?»

«Hör schon auf!»

«Schließlich bin ich auch nur ein Mensch und wünsche mir nichts als ein kleines bißchen Freundlichkeit.» Seine Stimme klang falsch.

Sie biß in die Waffel und schien ganz vom Kauen in Anspruch genommen.

Unterdessen kamen ein paar Leute aufgeregt redend in das Café. Sie sahen aus wie Fremde, und ihnen schien gerade etwas Unangenehmes widerfahren zu sein.

Bartfuß stand auf, um zu ihr hinüberzugehen. Doch zögerte er noch einen Moment und blickte zur geöffneten Tür, durch die eine undurchlässige Finsternis von draußen hereinwehte. Schließlich streckte er sich, knöpfte sich das Hemd zu und neigte den Kopf in einer schwerfälligen, ein wenig unnatürlichen Bewegung in ihre Richtung.

«Verzeihen Sie...», sagte er leise.

«Ich unterhalte mich nicht mit wildfremden Männern.»

Dennoch versuchte er sich in aller Kürze vorzustellen: «Mein Name ist Bartfuß. Wir sind uns in einem Lagerhaus in Dorpensiel begegnet.»

Sie aber erwiderte:

«Ich habe Ihnen doch gesagt, Sie interessieren mich nicht.»

«Ich verstehe schon... aber wir waren zusammen in Dorpensiel. Erinnern Sie sich nicht?»

«Eigenartig. Alle behaupten, mich zu kennen», zischelte sie mit vollem Mund.

«Aber wir sind einander tatsächlich begegnet. Wir haben über die «Brüder Karamasow» gesprochen. Glauben Sie mir, ich habe diese Unterhaltung nie vergessen.»

Nun rief sie den Wirt:

«Dieser Herr hier belästigt mich ununterbrochen.»

«Lassen Sie meine Gäste in Frieden», sagte der Wirt zu Bartfuß gewandt.

«Aber...», wollte er protestieren, doch stockten ihm die Worte im Mund.

Er beeilte sich, die Rechnung zu begleichen, und verließ, ohne sich noch einmal umzusehen, das Lokal. Auf dem Heimweg kam ihm keine Menschenseele entgegen. Seine Füße trugen ihn schnell durch die schmalen Straßen. Hier und da wich er von der üblichen Route ab, um eine Abkürzung oder einen kleinen Umweg zu gehen.

Als er später die Wohnung betrat, bemerkte er gleich, daß sie wieder einmal bis spät in der Nacht zusammengehockt hatten, um bei Zigaretten, Kaffee und belegten Brötchen eifrig zu debattieren. Sie hatten wieder eine neue Taktik ausgeheckt und in allen Einzelheiten besprochen. Jetzt schliefen sie tief und fest wie nach einem Gelage.

Bartfuß öffnete die Tür seines großen, kahlen Zimmers, das mit den Schatten der Nacht übersät war. Der Raum schien vor ihm zusammenzuzucken. Ohne das Licht einzuschalten, zog er sich die Schuhe aus, hängte das Hemd über den Stuhl und faltete sorgsam die Hose zusammen. Dann stieg er ins Bett und vergrub sich unter der Decke. Die feinen Schatten, die sich zerstreut hatten, als er das Zimmer betrat, kehrten still und leise zurück, um begierig die Lichtflecken aufzusaugen.

7

Der Mai war ein klarer, milder Monat, der zu Ausflügen einlud, und Bartfuß schien an neuen Ufern vor Anker zu gehen. Obgleich diese nicht besonders ansehnlich wirkten, vermochten sie große Hoffnungen in ihm zu wecken: Thérèse. Von neuem erlebte er den furchtbaren Marsch nach Dorpensiel. Nie zuvor hatte er ihn so nah und deutlich vor sich gesehen, doch leuchtete diesmal ein strahlender Stern über dem großen Leid all der Menschen.

Immer wieder ging er in das kleine Café in der Hoffnung, Thérèse dort wiederzutreffen. Die Eintönigkeit jener Tage konnte seiner Erregung nichts anhaben. Vielmehr schien sie wie die freudige Erwartung eines Festes von Stunde zu Stunde anzuschwellen. Thérèse aber kam nicht zurück. Tag für Tag erkundigte er sich beim Wirt, ob sie in der Zwischenzeit dagewesen sei. Die Antwort war stets die gleiche: «Glauben Sie etwa, ich würde sie überwachen?»

Sein Zuhause hatte er beinahe vergessen. Allein zum Schlafen kehrte er dorthin zurück, dann machte er sich gleich wieder auf den Weg. Zwar hörte das Lauschen und Wachen nicht ganz auf, doch drangen die Wahrnehmungen nicht länger in sein Bewußtsein. Thérèses Zauber hielt ihn gefangen und ließ ihn erbeben. All seine Sinne regten sich. Unverhofft erhielten selbst die langen Spaziergänge am Meeresstrand eine neue, lebendige Bedeutung: Sie schienen ihn auf den ersehnten Augenblick vorzubereiten.

Indes blieb Thérèse verschwunden. Seine Spannung

wuchs, und er verbrachte viele Stunden in dem Café und verließ es jedesmal so niedergeschlagen, als sei er heftig gemaßregelt worden. Zuweilen bildete er sich ein, Thérèse könne nichts dafür, eigentlich wolle sie kommen, nur erlaube es ihr Liebhaber nicht. Bei einem seiner Spaziergänge vollzog sich die Wende. Plötzlich loderte der seit langer Zeit dämmernde Wille hell in ihm auf: Er würde kämpfen.

Seit vielen Jahren vegetierte er wie ein Schlafender, ausdauernd und in sich gekehrt. Im letzten Jahr hatte sich sein Leben, sah man von den abendlichen Ausflügen nach Netanya einmal ab, nur zwischen Wohnung und Café abgespielt. Wenn Thérèses brutaler Geliebter wieder auftauchen sollte, um sich am Eingang des Cafés aufzubauen und Thérèse zu traktieren, würde er sich ihm kühn in den Weg stellen. Dieser Gedanke bereitete ihm tagelang Freude, insgeheim sammelte er schon seine Kräfte. Doch kam es nicht soweit. Das Problem löste sich leichter, als er angenommen hatte.

Eines Abends betrat eine kräftig gebaute Frau das Café und rief laut: «Ein belegtes Brötchen und einen Kaffee, sonst falle ich in Ohnmacht.»

Er erkannte sie gleich: Thérèse in ihrer ganzen irdischen Pracht.

«Thérèse!... Wo bist du gewesen? Wir haben dich schon vermißt», begrüßte sie der Wirt.

«Red nicht so viel, kümmere dich um den Kaffee und das Brötchen!»

Sie nahm an einem Tisch Platz und sah auf die Straße hinaus. Man konnte deutlich erkennen, daß sie gerannt war, um zum Café zu gelangen.

Bartfuß behielt die Tür im Auge, in der wenige Wochen zuvor ihr tyrannischer Freund gestanden und ihr seine Drohungen zugerufen hatte, in der jedoch diesmal niemand erschien.

Thérèse verlor die Geduld:

«Wann kommt das Brötchen mit dem Kaffee?»

Bartfuß rührte sich nicht. Ihr jähes Auftauchen ließ ihn erstarren. Er wußte nur eins: Er mußte kämpfen.

Unterdessen bekam sie, was sie bestellt hatte.

Der Wirt fragte neugierig:

«Wo ist er?»

«Stell keine Fragen.»

Sie wollte das Thema gar nicht erst aufkommen lassen. Hastig biß sie in das Brötchen. Zwei kunstlederne Gürtel um ihre Hüften betonten die Fülle ihres Leibes.

«Man hat schon nach dir gefragt», bemerkte der Wirt beiläufig.

«Was du nicht sagst... Wie interessant.»

«Ganz im Ernst!»

«Aber natürlich meinst du es ernst. Habe ich etwa daran gezweifelt?»

«Suchst du schon wieder Streit?»

«Tu ich das wirklich?»

«So hört es sich an.»

«Ich bin hungrig. Wenn ich erst etwas im Magen habe, bekommst du freundlichere Töne zu hören.»

Als sie das Brötchen verschlungen hatte, brachte der Wirt ihr ein zweites. Sie dankte ihm nicht. Abendlicht lag auf dem schmuddeligen Boden des Cafés.

Er aber harrte auf seinem Platz aus und betrachtete ihre breiten, gesprenkelten Schultern. Selbst ihr Rücken schien auf das Essen konzentriert.

Minuten später war ihre Hast verflogen. Sie wischte sich mit einer Serviette über den Mund und fragte:

«Was habe ich zu zahlen?»

«Soviel du willst.»

«Das heißt...?»

«Wie's dir beliebt. Laß mich doch einmal großzügig sein.»

«Und wenn ich gar nicht bezahle?»

«... dann rege ich mich auch nicht auf.»

«Ich möchte niemandem etwas schuldig bleiben», sagte sie schließlich und zog einen Geldschein aus ihrer Handtasche. Sie legte ihn auf das Tellerchen und stellte die Tasse daneben.

Dann sagte sie: «Ich gehe jetzt», blieb aber sitzen. Bartfuß faßte Mut:

«Verzeihen Sie bitte...», sprach er sie an.

Und sie, ohne ihn eines Blickes zu würdigen:

«Bitte sehr, ich habe Ihnen verziehen.»

«Wir waren gemeinsam in Dorpensiel. Erinnern Sie sich?»

«Wovon reden Sie überhaupt?»

«Vom Durchgangslager Dorpensiel.»

«Wie bitte? Erinnern Sie sich tatsächlich an all diese Namen?»

«Ich erinnere mich vor allem an Sie.»

«Gut. Und was wollen Sie?»

«Nichts weiter.»

«Wozu sprechen Sie mich dann überhaupt an?»

«Ich dachte, wir könnten ein paar Erinnerungen austauschen.»

«Haben Sie noch nicht die passende Frau gefunden? Die Vergangenheit interessiert mich nicht. Ich lebe jetzt. Hier und heute.»

«Sie rufen angenehme Erinnerungen in mir wach.»

«Entschuldigung, aber ich verstehe nicht recht. Worauf wollen Sie hinaus?»

«Auf nichts Besonderes.»

«Was soll dann das ganze Gerede?»

«Wissen Sie denn nicht, wovon ich spreche?»

«Ganz und gar nicht.»

Bartfuß ging zur Kasse hinüber. Er versuchte sich aufrecht zu halten. Der Wirt nahm den Schein und gab ihm Wechselgeld heraus. Bartfuß steckte es in die Brusttasche seines Hemdes.

«Was gibt's als Nachtisch?» erkundigte sich Thérèse.

«Pudding.»

«Der ist bei dir nie frisch.»

«Willst du mich beleidigen?» protestierte der Wirt.

«Wahrheit über alles – sagte man früher nicht so?»

«Wann?»

Bartfuß trat auf die Straße hinaus, sie lag im Abendsonnenschein. Er steuerte auf das Meer zu. Die wenigen Gedanken, die ihm durch den Kopf gegangen waren, zerstreuten sich. Als er Durst bekam, trank er zwei Gläser Sprudel.

Plötzlich hatte er Lust, nach Netanya zu fahren. Er stellte sich an die Bushaltestelle. Da die Schlange jedoch sehr lang war und ihm die Wartenden nicht besonders sympathisch erschienen, überlegte er es sich anders und entfernte sich wieder. Am Strand sah er ein paar junge Leute in Badehosen, einer machte Gymnastik. Sanft und müde senkte sich die Dunkelheit über die niedrigen Häuser, und Bartfuß ging Stunde um Stunde ohne Ziel weiter.

Erst spät am Abend kehrte er heim. Schon vor der Haustür vernahm er Rosa: «Er ist da.» Ihre Worte ließen die anderen verstummen. Er ging direkt in sein Zimmer, ohne sie auch nur anzuschauen. Hastig zog er sein Hemd aus, schloß die Läden und deckte sich zu.

Später hörte er seinen Schwiegersohn sagen: «Kaufleute widern mich an.» Doch Bartfuß war so erschöpft, daß selbst die derbe Stimme des Jungen ihn nicht daran hinderte, alsbald in Schlummer zu versinken.

8

Es war mitten im Sommer. Auch die feinen Schatten, die noch vor wenigen Tagen die Wände bedeckten, waren verblaßt. Helles Licht breitete sich über den Platz und drang in alle Spalten und Ritzen. Bartfuß saß in einem Café, dessen Türen und Fenster weit offenstanden. Die Leute, die vor seinen Augen vorüberzogen, schienen ihm fremd und unnahbar, als hätten sie nichts gemeinsam mit ihm. Seit Italien war er ständig von ihnen umgeben. Sie traten einzeln oder in Gruppen auf. An jedem Ort die gleichen Mienen und Worte. Wie schön wäre es, sie nicht sehen zu müssen. Selbst wenn er nach Netanya und Ra'annana flüchtete, traf er auf sie. Im Bus, an der Haltestelle, noch am abgelegensten Kiosk. Wohin er auch kam, der gleiche gebrochene Akzent und ein verschwommener Ausdruck der Erschöpfung auf den Gesichtern. Vielerlei Unglück hatte diese Menschen hier angespült, mit farblosen Masken versehen.

Der Ekel, der sich in seinem Herzen staute, hatte Jahre zuvor die Gestalt leichten Spotts angenommen. Und aus diesem war erstaunlicherweise ein Zwang erwachsen: Er hatte den Blick nicht mehr von ihnen abwenden können, er sah zu, wie sie aßen, sich kleideten, sich behutsam ans weibliche Fleisch herantasteten und sich verstrickten. Anfangs hatte er darüber gelacht und Sätze von sich gegeben, die für Augenblicke den Raum erzittern ließen. An der stillen Beobachtung hatte er erst später Gefallen gefunden. Und so saß er da und durchbohrte sie mit seinem Blick.

Doch um sich mit Rosa zu messen, reichte sein Blick nicht aus. Für sie empfand er wirklichen Haß. Er verabscheute alles an ihr. Von Jahr zu Jahr wandelte sie sich mehr – das Gesicht, der Hals, die Hände. Vor allem aber die Sprache, die bisweilen überschwenglich und dann wieder karg und zerstörerisch war. Gekünstelte Feinheit und erdverbundene Schläue vereinigten sich in ihr.

Jetzt war es wieder Sommer, und er wollte schlafen. Ganze Tage verbrachte er in einem tiefen Schlummer, der ihn bis zurück in die grünen Gefilde der Kindheit riß. Die übrigen Stunden des Tages hielt er sich im Café auf und trank Tasse um Tasse, um zu sich zu kommen. Und während er langsam erwachte, war es, als ergieße sich das Licht in sein Bewußtsein, als würde das Dunkel seines unbändigen Schlafes allmählich erhellt. Zum Vorschein kamen Rosa, die Kinder und er, immer wieder neu geborene Gehässigkeit, Aufgaben, die er nicht erfüllt, Worte, die er mißbraucht hatte, und all die Menschen, die sich nichts als Erschöpfung, Hast und Genügsamkeit gönnten.

«Siehst du? Da ist Bartfuß. Hast du denn nie von ihm gehört?» erklang erstauntes Getuschel in seinem Ohr.

Bartfuß erschrak.

«Was wollt ihr von mir?»

«Nichts weiter. Wir sind stolz auf dich», entgegneten die Händler und verzogen ihr fettes Gesicht.

«Ich dulde nicht, daß man lauthals über mich spricht.»

«Wir sind beeindruckt. Ist das verboten?»

«Wenn es auf meine Kosten geht, sicher.»

Sie brauchten Legenden, Helden und glorreiche Taten, um sagen zu können, es habe auch Juden wie ihn gegeben. Tatsächlich aber wußten sie nichts über ihn, denn er weigerte sich standhaft, von jener düsteren Zeit zu berichten. Nicht das kleinste Detail wollte er verraten. Auch Rosa hatte ihn früher bedrängt: «Erzähle es mir, mir allein.» Der Gedanke, nicht einmal mit ihr darüber gesprochen zu haben, vergnügte ihn insgeheim.

Die Händler ließen ihrer Phantasie freien Lauf und sahen in ihm einen geheimnisumwitterten Mann, den sie den «unsterblichen Bartfuß» nannten. Er verabscheute ihre Verehrung. In Italien hatte er einem von ihnen Schläge versetzt, weil er in seiner Bewunderung zu weit gegangen war.

Später hatte er aufgehört, zornige Erklärungen abzugeben, und statt dessen gelernt, Rosa und die anderen nicht länger zur Kenntnis zu nehmen. Doch sollte ihm das Schweigen nicht guttun. Die Sätze, die er früher ausgesprochen hatte, welkten nun in seinem Herzen dahin. Nur noch selten, wenn es um alltägliche Notwendigkeiten ging, bediente er sich einzelner Worte. Bereits in Italien hatte er sich Schweigen auferlegt. Aber es fiel ihm nicht leicht zu jener Zeit, denn die Hitze des Tages und der Wein ließen auch Worte gedeihen, Anschuldigungen, Bekenntnisse und Rechtfertigungen. Und wären die Leute nicht beschäftigt gewesen, hätten sie einander ohne Erbarmen geschlagen. Das zermürbende Tun lehrte sie, schweigsam zu sein. Jetzt war von jenen Tagen nichts als die Erinnerung an Zuckungen und Alpträume, Grimassen und Satzfetzen übrig. Und dennoch spannen die Händler seine Legende weiter und weiter.

«Da ist Bartfuß, erkennst du ihn nicht?»

«Gewiß. Ich begegne ihm schon seit Jahren auf Schritt und Tritt. Er hat sich sehr verändert.»

Und ein andermal auf dem öden Pflaster des Ruhms: «Du hättest ihn früher sehen sollen.»

Immer wieder hatte er versucht, ihnen zu entrinnen. Sie aber holten ihn überall ein.

«Er soll fünfzig Kugeln im Leib haben. Wie hat er das überleben können?»

«Tatsache ist, daß er es überlebt hat.»

«Er muß unsterblich sein.»

«Du übertreibst.»

«Ich glaube, daß er immer noch Großes vollbringen kann.»

«Woran denkst du?»

«An nichts Bestimmtes.»

«Man darf ihn nicht drängen.»

«Aber das tu ich doch gar nicht. Ich verehre ihn, das ist alles.»

Einer der Händler besaß einen Blick, durchdringend wie ein alter Adler. Er saß etwas abseits und ließ Bartfuß nicht aus den Augen. Bartfuß kannte ihn, wußte jedoch nicht seinen Namen. Der Mann hatte ihn niemals angesprochen oder versucht, ihm eine Frage zu stellen. Die Gegenwart seines Blickes beängstigte ihn.

Und während das schale Geplaudere der übrigen Händler seinen Lauf nahm, kam der Mann vorsichtig auf Bartfuß zu und flüsterte: «Kannst du mir tausend Pfund geben?»

«Ich?» entgegnete Bartfuß erstaunt.

«Ja.»

Bartfuß sah ihn sich näher an: das knochige Gesicht und die sonnengebräunte Stirn – ein gewöhnlicher Kaufmann.

Gefaßt fragte er ihn:

«Wozu brauchst du das Geld?»

«Warum erkundigst du dich nach dem Grund meiner Bitte?»

«Meine Frage ist nur allzu verständlich, nicht wahr?» erwiderte Bartfuß in ruhigem, kühlem Ton.

Der Mann beugte sich zu Bartfuß herüber:

«...nur allzu verständlich, meinst du.»

«Schließlich verlangst du etwas von mir.»

«Es steht mir zu», wandte der Mann überraschend ein.

«Vielleicht stimmt, was du sagst», entgegnete Bartfuß, «aber wie soll ich wissen, wovon du eigentlich sprichst.»

«Schon gut, ich will dir nicht länger zur Last fallen», sagte der Mann und wandte sich ab.

«Du sollst bekommen, was du verlangst. Ich werde es dir geben. Doch zuerst muß ich wissen, wozu du es brauchst.»

«Wozu ich es brauche...», wiederholte der Alte, als stelle er sich verwundert selbst diese Frage.

«Weshalb wendest du dich gerade an mich?»

«An wen sonst könnte ich mich wenden?»

«Bei all den anderen hier könntest du es ebensogut versuchen.»

«Dich kenne ich seit dreißig Jahren, noch aus Italien, und ich habe dich nie zuvor um etwas gebeten.»

«Und weswegen kommst du gerade jetzt?»

«Ich kann dir den Grund nicht nennen. Ist es nicht schon erniedrigend genug, überhaupt um etwas betteln zu müssen? Verlangst du auch noch Erklärungen von mir?»

«Das scheint mir so üblich zu sein.»

«Andernfalls willst du mir nichts geben?»

«Du bekommst, was du verlangst. Ich gebe es dir gern.» Bartfuß fuhr mit der tastenden Hand in die Brusttasche seines Hemdes.

Plötzlich sagte der Mann in einem seltsam bitteren Ton: «Ich begann schon den Mut zu verlieren.»

«Warum bist du nicht eher zu mir gekommen?» versuchte Bartfuß ihn zu beschwichtigen.

«Ich habe gezögert, das ist doch begreiflich. Doch jetzt weiß ich, daß meine Bedenken grundlos waren.»

«Auch früher hätte ich es dir nicht verweigert.»

«Es ist nicht einfach, einen Fremden um einen Gefallen zu bitten.»

«Einen Fremden, sagst du? Schließlich haben wir den Krieg gemeinsam überlebt.»

«Hat der Krieg etwa bessere Menschen aus uns gemacht?»

«Ich weiß es nicht», sagte Bartfuß leise.

«Die Menschen sind wie Insekten.»

Bei diesen Worten senkte Bartfuß den Kopf, sie erschienen ihm grausam.

Schließlich sagte er:

«Hier, nimm. Ich gebe es dir gern.» Und hielt ihm ein Bündel Geldscheine hin.

«Du bekommst eine Quittung dafür.»

«Schon gut, ich habe Vertrauen zu dir.»

«Das kommt nicht in Frage. So kann ich es nicht annehmen. Ich traue mir selbst nicht. Der Mensch sollte sich seiner Grenzen bewußt sein. Und ich kenne mich nur zu gut. Nicht jedes Versprechen, das ich gab, habe ich am Ende auch gehalten.»

«Was schlägst du vor?»

«Ich werde einen Schuldschein unterschreiben.»

«Wie du willst.»

«Ich frage mich immer noch, ob ich diese Verpflichtung eingehen kann.»

«Sei ganz unbesorgt. Ich bin sicher, daß du ihr nachkommen wirst. Nimm das Geld ruhig an.»

Er lachte, steckte das Bündel Banknoten ein und wandte sich zum Gehen.

Bartfuß war müde. Die Hitze und das lange Gespräch hatten an seinen Kräften gezehrt. Der Mann hatte das Café noch nicht verlassen. Er war stehengeblieben, und Bartfuß befürchtete, er würde zurückkommen, um mehr Geld zu verlangen.

Die Sonne stand über den Dächern, noch ergoß sich ihr

helles Licht über den leeren Platz. Selbst am Kiosk, den löchrige Blechplatten bedeckten, war kein Mensch zu sehen. Der Besitzer hatte sich auf dem hohen Stuhl niedergelassen und schaute interessiert den großen mageren Vögeln zu, die in den Müllhaufen stocherten.

Plötzlich fiel Bartfuß ein Wort ein, das er in der vergangenen Nacht im Traum immer wieder gemurmelt hatte. Seine Lippen spannten sich, um es noch einmal auszusprechen. Doch dann vergaß er das Wort wieder, und er sehnte sich nach ihm, als vermisse er ein vertrautes Geschöpf.

«Einen Kaffee», rief er.

Und der Wirt erwachte aus seinem Halbschlaf:

«Ich komme sofort.»

Die Farben des Meeres wandelten sich, und die aufkommenden salzigen Winde machten ihn schläfrig.

«Ich werde für ein Weilchen die Augen schließen», sagte er zu sich selbst. Doch stand unvermittelt der alte Mann wieder vor ihm.

«Was ist geschehen?» fragte Bartfuß und versuchte zu sich zu kommen.

«Ich bereue es.»

Die Augen des Mannes sahen ihn durchdringend an.

Bartfuß überwand seine Sprachlosigkeit und fragte ihn: «Weshalb hast du es dir anders überlegt?»

«Ich kann nicht voraussagen, ob ich die Frist für die Rückzahlung einhalten werde.»

«Und das ist der Grund für deine Besorgnis?»

«Ja.»

«Vergiß ihn. Ich werde dich nicht vor Gericht bringen.»

«Ich kenne mich besser als du. Ich löse meine Versprechen nicht ein.»

«Meinetwegen brauchst du dir keine Sorgen zu machen.»

«Ich weiß Bescheid über mich», rief der Mann. «Nie habe ich gehalten, was ich versprach. Das weiß jeder hier.»

Obwohl er die Motive des Mannes verstand, bemühte er sich, seine Bedenken zu zerstreuen. Der Mann wurde zornig. Er zog die Pfundnoten aus seiner Jackentasche, warf sie auf den Tisch und sagte:

«Ich kann sie nicht annehmen. Zu oft bin ich in schändliche Affären verwickelt gewesen.»

Bartfuß wollte ihn anschreien: «Gib endlich nach!» Aber er brachte kein Wort heraus.

Der Mann entfernte sich. Von hinten wirkte er jünger und beinahe glücklich. Er schlug den Weg ein, der zum Strand führte. Über die See glitt ein tiefblaues Zittern. Und in Bartfuß' Herzen verband sich das Gefühl der Schmach mit dem einer uralten Trauer.

Endlich kam der Wirt mit dem Kaffee. Er entschuldigte sich. Als ihm Bartfuß zerstreut antwortete: «So sind die Dinge eben», bat er noch einmal um Entschuldigung.

Die Markise des Cafés warf dünngliedrige Schatten, die die Form eines Rhombus bildeten. Bartfuß betrachtete sie, als verdienten sie seine besondere Aufmerksamkeit. Er trank seinen Kaffee, doch vermochte die heiße Flüssigkeit ihn nicht zu beleben. Eine wohlbekannte schmerzhafte Müdigkeit kroch sein Rückgrat herauf.

Lange saß er da, schlürfte schlückchenweise den heißen Kaffee und dachte an den Mann, der sein Geld genommen, es kurz darauf wieder zurückgebracht hatte und nun aus der Wirklichkeit zu verschwinden schien. Allein seine langen wächsernen Finger, deren Nägel von Nikotin zerfressen waren, sah er noch immer mit Verwunderung vor sich. Diese Art des Staunens erlebte er allein an der Schwelle des Schlafes. Auf einmal begriff er, daß seine Großzügigkeit mit einem Makel behaftet und deswegen abgelehnt worden war. Auch mußte er an den Blick des Mannes denken, den bohrenden Blick eines alten Adlers. «Das Böse, das mir geschieht, sucht mich stets am Ufer des Meeres heim», resümierte er niedergeschlagen.

Die Sonne sank tiefer und tiefer, ihr Licht brach sich auf der Oberfläche der See. Und die leise Trauer, die er seit dem Morgen des Tages in sich trug, erstarrte zu Selbstmitleid. Er verabscheute dieses Gefühl. Hastig erhob er sich, um zu bezahlen. In der Tür des Cafés blieb er einen Augenblick stehen. Er wußte, daß ihn die Abendsonne erbarmungslos stechen würde. Dennoch trat er hinaus wie ein Mann, der seine Pflicht kennt.

Die Sonne ging unter, niemand badete mehr. Ein paar kreischende Laute flogen, die Stille zerreißend, an ihm vorüber. Als er auf den Landungssteg zuschritt, erkannte er plötzlich Thérèse, die mit ihrem Freund am Geländer stand. Er wirkte kraftvoll in seinem enganliegenden Sporthemd. Nur wenige Schritte trennten ihn von seiner Geliebten. Wie so oft waren sie in einen heftigen Streit vertieft. Bartfuß konnte trotz der Entfernung verstehen, was sie sagten.

«Ich komme nicht mit!» rief Thérèse.

«Was gefällt dir am ‹Budapest› nicht. Jeder hier hält es für ein einladendes Lokal.»

«Ich mag die Leute nicht, die dort herumsitzen.»

«Aber du mußt zugeben, daß das ‹Budapest› europäisches Flair hat.»

«Was heißt das schon?»

«Es ist europäisch. Was soll ich noch dazu sagen?»

«Entschuldige, dieses Wort bedeutet mir gar nichts. Ich setze mich überall hin, nur da nicht.»

«Nur im Schmutz fühlst du dich wohl.»

«Nenn sie nicht Schmutz! Für mich sind sie großartige Menschen.»

«Ich hasse diesen Abschaum des jüdischen Volkes.»

«Ich mag die Leute sehr gern und würde sie gegen nichts eintauschen wollen… ‹Budapest› – schon der Name allein ekelt mich an.»

«Du gehst mir auf die Nerven.»

Bartfuß war stehengeblieben, um den Schlagabtausch zu verfolgen. Ihm wurde klar, daß der Konflikt ohne Anfang und Ende nur ein Teil eines immerwährenden Streits war. Später, im Café, würde er weitergehen. Sie wirkten erbärmlich, doch war Bartfuß von der Szene gerührt. Er spürte kein Verlangen, sich einzumischen. Etwas anderes schien in sein Bewußtsein zu dringen: Zum erstenmal sah er, wie einsam er war.

9

Als Bartfuß am Morgen aufstand, spürte er, daß ihn die nächtliche Einsamkeit noch immer umfing. Es war halb sechs, das tiefblaue Licht des Tages fiel, jetzt, in der Frühe, prall auf sein Fenster. Auf seiner Zunge regten sich Worte, die er im Traum gesprochen hatte; noch waren sie warm und lebendig. Doch wie lauteten sie? Er konnte sich nicht mehr entsinnen.

Er machte sich schnell eine Tasse Kaffee. Aber weder die Stille noch sein emsiges Tun halfen ihm, irgendein Bild seines Traumes zurückzurufen. Die letzten Schemen der Nacht, die eben noch deutlich erkennbar waren, zerfielen zu Staub. Bartfuß fühlte sich leer und atmete befreit auf. Er trank, um seinen Durst zu lindern. Schließlich setzte er sich an den Küchentisch und versuchte noch einmal, sich zu erinnern. Sein Schlaf war zwar kurz, aber von Bildern erfüllt gewesen. Allein ein flüchtiger Eindruck von dieser Fülle war ihm geblieben.

Brigitta und Rosa lagen noch in tiefem Schlummer. Da alle Fenster geschlossen waren, konnte er selbst in der Küche den schweren Puls ihres Schlafes vernehmen. Für wenige Sekunden wurde ihm ihre Existenz gegenwärtig.

Dann trank er gedankenleer den Kaffee aus. Der Kaffee und die Zigarette verströmten den Duft einer unerklärlichen Hoffnung. Eine Ahnung von anderen Zeiten. «Los jetzt!» sagte er, um sich selbst anzuspornen, denn er verspürte an diesem Morgen kein Verlangen, aus dem Haus zu gehen.

Die Bande des Schlafes hielten ihn noch gefangen. Aber was konnte er tun? Sollte er sitzenbleiben und riskieren, Rosas verschlafenem Gesicht zu begegnen? Auch Brigitta konnte jeden Moment erwachen. Dieser Gedanke genügte, um seine trägen Füße in Bewegung zu setzen.

Er ging rasch in sein Zimmer und kleidete sich an. Aus einem unerfindlichen Grund bemitleidete er sich, als sein Blick auf sein Schuhwerk fiel. Es war ihm, als kehre die nächtliche Einsamkeit wieder, um ihn von neuem an sich zu reißen. Ich muß gehen, dachte er, indem er die häßlichen Schatten mit einer Handbewegung verscheuchte. Und dann, plötzlich, brach ein einziges Wort aus ihm hervor: «Immer...» – sogleich versuchte er seinen Mund zum Schweigen zu bringen, kein überflüssiger Satz sollte ihm über die Lippen kommen. Früher hatte er oft laut geklagt, doch seitdem wußte er, in welch tiefe Unruhe ihn derartige Momente stürzen konnten, und so bemühte er sich stets, sie zu vermeiden.

Die Morgensonne verbreitete ein kühles Licht. Feuchtigkeit bedeckte die Straßen. Wenn er den vertrauten Weg ging, gelang es ihm manchmal, seine eigene Existenz völlig zu vergessen.

An diesem Morgen war er der erste Gast im Café. Und der Wirt sagte zu ihm:

«Du kommst heute früher als sonst.»

«Ich schaue nachher noch einmal vorbei», entgegnete Bartfuß und wandte sich wieder der Tür zu. Als er den Strand entlangschlenderte, erinnerte er sich an ein langes Gespräch über die Häßlichkeit, das er im Traum mit einem hochgewachsenen Mann geführt hatte. Da der Fremde Verständnis für seine Ansichten zeigte und ihm aufmerksam lauschte, war es Bartfuß nicht schwergefallen, die treffenden Worte zu finden. Nach einer Weile veränderte sich der Ausdruck des Mannes. Zwar hörte er weiterhin zu, doch schien er die Geduld zu verlieren, nur «selbstverständlich ... selbstverständlich» sagte er hin und wieder. Zunächst glaubte Bartfuß, der Mann stimme ihm zu, aber später begriff er, daß er sich irrte. Jahre zuvor hatte der Fremde das Thema mit Begeisterung diskutiert, jetzt langweilte es ihn.

«Gut, dann wollen wir schweigen», hatte Bartfuß schließlich gesagt. Dieser Vorschlag schien dem Mann zu gefallen.

Er ging weiter und weiter. Die Bande des Schlafes lösten sich nicht. Aus allen Richtungen strömten Leute in die kleinen, engen Cafés. Sie mußten ihren Kaffee im Stehen einnehmen. Mit einemmal bemerkte Bartfuß die Unruhe, die auf ihren Gesichtern lag und die sie zu vertuschen suchten.

Bartfuß kannte sie alle, doch hatte er ihre Namen vergessen. Er hätte gern mit jemandem gesprochen. Unzählige Worte waren von seinem Traum übriggeblieben – warme Worte, die benutzt werden wollten. Aber die Jahre der Zurückhaltung und des Schweigens hatten ihn von den anderen entfernt.

Unter den Leuten befand sich auch eine Frau. Sie war nicht mehr jung, doch sah Bartfuß an ihrem Gesicht, daß sie zuhören konnte. Er war ihr schon einmal in Italien begegnet, wo sie auf einer Krankenstation gearbeitet hatte. Eines Tages, er hatte sich am Bein verletzt, hatte sie ihn versorgt. Er erinnerte sich genau: Energisch, aber nicht ohne jede Zärtlichkeit hatte sie ihm den Verband angelegt... Zarten Linien gleich zogen sich jetzt die Sehnen über ihre Wangen.

Und so wanderte er weiter. Die Müdigkeit war immer noch nicht aus seinen Gliedern gewichen. In einer Nebenstraße hörte er, wie eine Frauenstimme laut rief: «Laß die Jalousien herunter. Die Sonne bringt mich um den Verstand!» Ihr Ruf tönte schrill über die schmale Straße. Niemand antwortete ihr.

Als Bartfuß an den Strand zurückkehrte, schien es ihm, als habe er einen langen Weg hinter sich, war er in Wirklichkeit auch eine Abkürzung gegangen. Vor ihm dehnte sich die ruhige See. Der Wind wehte kühl.

Beim Anblick der offenstehenden Tür seines Stammcafés freute er sich darauf, mit Blick auf das Meer etwas zu sich zu nehmen. In den ersten Monaten hatte er viele Stunden des Tages an diesem Ort zugebracht. Erst später hatte er bemerkt, daß ihn die See und die Brise schwindelig machten.

Er wollte gerade Platz nehmen, als ein Mann von mittlerem Wuchs auf ihn zutrat.

«Mir scheint, daß ich Ihnen schon einmal begegnet bin... Geben Sie mir einen Hinweis, dann erinnere ich mich gewiß.»

«Sie meinen, daß wir uns kennen?» erwiderte Bartfuß skeptisch.

«Sollte ich mich getäuscht haben?» fragte der Mann voll Verwunderung.

«Ich erinnere mich nicht an Sie.»

Bartfuß wollte den Annäherungsversuch des Fremden zurückweisen, doch der schien den ablehnenden Ton nicht zu hören.

«Ihr Gesicht kommt mir vertraut vor. Ich glaube, daß wir uns aus Italien kennen.»

Viel Gefühl lag in der Stimme des Fremden. Bartfuß erschrak.

«Ich bin in Italien und später auch hier in Israel ständig beschäftigt gewesen. Doch eines Tages, ganz unverhofft, bin ich all dessen überdrüssig geworden... Ich weiß nicht, wie ich es Ihnen erklären soll... um die Wahrheit zu sagen: Ich bin wütend auf mich.»

«Das dürfen Sie nicht», antwortete Bartfuß, ohne zu wissen, weshalb.

«Sicher, ich bemühe mich, den Zorn zu unterdrücken. Aber das Gefühl des Überdrusses, das mich vor ein paar Monaten überkommen hat, sitzt tief in mir. Sie verstehen, was ich meine, nicht wahr?»

«Nicht ganz», entgegnete Bartfuß mit leiser Stimme.

Der Mann schaute zu Boden und flüsterte: «Den größten Teil meines Lebens habe ich dem Geschäft gewidmet. Glauben Sir mir, ich habe in den Jahren nach dem Krieg hart arbeiten müssen – ununterbrochen, Tag für Tag.»

«Und was hätten Sie sich statt dessen gewünscht?» fragte Bartfuß ihn sanft.

«Offen gestanden, weiß ich es nicht. Das Schicksal hat es eigentlich immer gut mit mir gemeint. Ja, ich habe im Überfluß gelebt. Ein Geschäftsabschluß folgte auf den anderen. Was will man mehr?»

«Sind Sie verheiratet?»

«Nein», antwortete der Mann.

Eine leichte Röte stieg ihm ins Gesicht.

«Aber an Frauen hat es mir nie gefehlt.»

Sie schwiegen einen Moment lang.

«Und was quält Sie jetzt?»

«Es ist nichts Bestimmtes.»

«Versuchen Sie einfach, es zu vergessen», empfahl ihm Bartfuß unüberlegt. Diese Antwort hatte der Mann nicht erwartet.

«Gewiß. Daß ich nicht selbst darauf gekommen bin...»

Und Bartfuß fuhr fort:

«Wenn jemand alles hat, was braucht er dann?»

«Sie haben recht.»

Die Verwunderung des Mannes wandelte sich in Verlegenheit. Bartfuß bereute seine Worte. Es schien ihm, als würden sie nicht von ihm selbst, sondern aus einem Traum stammen.

«Es tut mir leid», sagte er.

«Sie müssen sich nicht entschuldigen», entgegnete der Mann, «Sie haben nur die Wahrheit ausgesprochen.»

«Es ist leicht, anderen Ratschläge zu erteilen.»

«Nein, nein... ich habe unbedacht zu reden begonnen.»

Dann schwiegen sie. Jedesmal, wenn der Mann von seinem Kaffee trank, schien sein Gesicht ganz in die Tasse zu tauchen. Er saugte einen großen Schluck der Flüssigkeit in sich hinein. Danach stellte er die Tasse auf den Tisch zurück.

Mit einemmal blickte er auf und sagte:

«Erlauben Sie mir, Ihnen etwas zu erzählen?»

«Gern.»

«Auch, wenn es persönlich ist?»

«Gewiß.»

«Vor einigen Monaten habe ich eine unerklärliche Schwäche an mir entdeckt. Viele Jahre hatte ich kaum gesprochen, bereits in Italien hatte ich es mir abgewöhnt. Doch seit kurzem sprudeln die Worte aus mir heraus. Und ich weiß nicht, wie es plötzlich dazu gekommen ist. Verzeihen Sie mir, wenn ich davon erzähle, ich spreche zum erstenmal darüber. Ich persönlich schätze es nicht, wenn mich jemand mit Worten überhäuft. Alles Gerede ist mir verhaßt. Und trotzdem kann ich mich seit einiger Zeit nicht mehr zurückhalten. Geht es Ihnen nicht manchmal ebenso?»

«Nein, nie.»

«Wie gelingt Ihnen das?»

«Ich bemühe mich, alles Reden im Keim zu ersticken.»

«Das ist großartig.»

Der Mann hielt einen Finger an seine Lippen, doch die Worte durchbrachen das Hindernis.

«Ich verabscheue die Redseligkeit. Solche Leute machen

mich ganz verrückt. Aber ich selbst bin auch davon infiziert. Verzeihen Sie mir.»

Da schien es Bartfuß, daß er sich gleichfalls entschuldigen müsse. «Um die Wahrheit zu sagen, bin auch ich oft unzufrieden mit mir.»

«Wie ist das möglich, wo es Ihnen doch gelungen ist, sich zu disziplinieren?»

«Menschen wie ich, die den Krieg überlebt haben, sollten großzügiger sein, nicht wahr?»

Der Mann schien zu verstehen, worauf Bartfuß hinauswollte, und sagte:

«Sie haben recht. Auch ich würde gern mit anderen teilen. Wie kann man es lernen?»

Einen Augenblick lang sahen sie einander an.

«Ihr Gesicht kommt mir bekannt vor. Wie heißen Sie – wenn die Frage erlaubt ist?»

«Mein Name ist Bartfuß.»

«Sie sind Bartfuß! Bei uns, in Neapel, hat man sie ‹den Unsterblichen› genannt.»

«Ich mag diese Bezeichnung nicht. Sie hat nichts mit der Wirklichkeit zu tun.»

«Aus reiner Bewunderung haben die Leute so von Ihnen gesprochen. Schließlich sollen Sie Ihre eigene Hinrichtung überlebt haben.»

«Ich finde dieses Gerede unangenehm.»

«Glauben Sie mir, die Leute verehren Sie.»

«Ich wäre Ihnen dankbar, wenn Sie diesen Satz nie wieder aussprechen würden.»

Der Mann zuckte zusammen wie jemand, der Unerlaubtes berührt und sich die Finger verbrannt hatte. Mit gesenktem Blick murmelte er etwas Unverständliches vor sich hin. Bartfuß war wütend. Beißende Worte lagen ihm auf der Zunge. Doch gelang es ihm, an sich zu halten.

«Das Meer...», sagte er schließlich. «Weshalb bin ich hierhergekommen? Hier widerfährt mir nur Böses.»

Ihn überkam stummer Groll, der seinem nächtlichen Traum entsprang. Er war müde, ihn dürstete nach Schlaf.

Ich muß aufbrechen, dachte er.

Und ohne zu überlegen, was ihn zu Hause erwartete, lief er in großen Schritten den Weg hinauf, auf dem er vor einer Stunde erst, einem Schlafwandler gleich, zum Strand hinabgestiegen war.

Die Sonne verschwand hinter tiefhängenden Wolken, die über den Dächern aufzogen. Weder Furcht noch Reue empfand er in der abkühlenden Luft. Die Müdigkeit breitete sich in seinen Gliedern aus. Und nichts wünschte er sich mehr, als sich unter seiner Decke zusammenkauern zu können.

10

Kurze Zeit später begann Bartfuß Pläne zu schmieden. Zu seiner eigenen Überraschung fand er die Kraft, den lähmenden Zorn von sich abzuschütteln. Der Hauch vergangener Zeiten, die weit hinter ihm lagen, erfüllte ihn. Der Knoten, in dem er gefangen war, schien sich zu lösen. Von nun an würde er sich der Allgemeinheit widmen, mit ihr verschmelzen, um den Menschen, die soviel Unglück erlitten hatten, den Glauben zurückzugeben. Allein dem Gemeinwohl wollte er dienen, statt ständig an sich und seinen eigenen Kummer zu denken. Noch wußte er nicht genau, worin seine neue Aufgabe bestehen sollte, doch würde sein Plan im Laufe der Zeit Gestalt annehmen. Ihm war, als sei ein reinigender Regen auf die Straßen gefallen, die ihm gestern noch eng und bedrückend und auf abscheuliche Weise sinnlos vorgekommen waren. Rosa und die Kinder, Unrecht und Ekel – das sollte endlich vorbei sein. Er würde am Morgen aufstehen und wissen, was seine Pflicht war. Er war bereit. Für die Gemeinschaft verfügbar. Plötzlich erschienen ihm Vergnügen und Qual als schändliche Ablenkung. Bei dieser Vorstellung durchflutete ihn ein altbekannter sanfter Zauber, der ihm half, seine eigene Existenz zu vergessen. Nie wieder *ich*, nie wieder die geringfügigen Sorgen, die einem in der Frühe einfallen und bis spät in der Nacht die Ruhe rauben. Hart arbeiten – diese Worte verströmten den Geruch reinen Alkohols.

Hin und wieder suchte er das bescheidene Büro einer Organisation auf, die sich dem Gedenken an den Holocaust widmete und von einem berühmten Kaufmann namens Zunz gegründet worden war. Die Gelder, die Zunz der Organisation hinterlassen hatte, waren längst verbraucht. Schon vor vielen Jahren mußten die Rentenzahlungen eingestellt werden, und es fanden auch keine Versammlungen mehr statt. Jeden Nachmittag aber trafen sich im Büro ein paar Leute, um gemeinsam eine Zigarette zu rauchen und aus einem fast vergessenen Wortschatz zu schöpfen. Programme sollten entworfen werden, man redete davon, die Aktivitäten der Organisation neu zu beleben, Studienreisen nach Polen und Amerika zu unternehmen. «Wissenschaftliche Kongresse... Gedenkveranstaltungen... eine neue Ideologie», hörte man wieder und wieder.

Bartfuß wurde klar, daß diese Leute von dem heftigen Verlangen gequält wurden, sich dem Gemeinwohl zu widmen. Unter ihnen befanden sich einige alte Mitglieder, die seit Jahren der Organisation angehörten, Studienräte und kulturliebende Kaufleute, die bisweilen niedergeschlagen und dann wieder hoffnungsfroh miteinander debattierten. Verständlicherweise entfachten sich gelegentlich Streitereien an den persönlichen Eigenheiten irgendeines der Anwesenden.

Als er eines Abends heimkam, wurde er Zeuge eines anderen Konflikts, der ebenso emotionsgeladen wie aussichtslos schien. Zu jener Zeit bemühte sich Rosa, Brigitta zu erklären, wie sie ihr Leben einzurichten habe. Vor allem aber lehrte sie sie, sich vor Bartfuß in acht zu nehmen. Ihm nicht zu nahe zu kommen, keine Fragen zu stellen und nichts von ihm anzunehmen. Brigitta hörte den Anweisungen der Mutter verängstigt und mit ergebener Miene zu. Die Auswirkungen wurden bald offenbar: Kaum betrat er die Wohnung, brachte sich das Mädchen in Sicherheit.

Doch manchmal wagte sie Rosa zu fragen:

«Was hat er denn getan?»

«Das fragst du noch?» schrie Rosa sie an. «Ich habe es dir doch erzählt. Wie oft muß ich es dir noch erklären?»

Sogleich gab Brigitta nach:

«Ich hab schon verstanden.»

Rosa war unzufrieden. Brigitta sollte begreifen, daß Bartfuß zwar ihr leiblicher Vater, im Grunde aber schlimmer als ein Stiefvater sei. Wenn sie keine Geduld für lange Erklärungen hatte, befahl sie ihr kurzerhand zu schweigen.

Hin und wieder sah er Brigitta von fern auf der Straße. Ohne ihre Mutter wirkte sie wie ein verlassenes Kind. Er wollte ihr etwas Freundliches sagen oder etwas schenken, doch wenn sie ihm dann angsterfüllt gegenüberstand, brachte er kein Wort heraus.

Auch Paula begegnete er von Zeit zu Zeit. Sie wirkte kühl und sprach, vor allem seit sie verheiratet war, in knappen, sachlichen Sätzen zu ihm. Das Geld... immer neue Forderungen und unverhohlene Beleidigungen äußerte sie.

Beinahe täglich ging er in das Büro der Organisation. Doch auch dort ließ das Gefühl, mit jedem Tag ein wenig mehr von seinem Sein zu verlieren, nicht nach. Trotzdem saß er gerne mit diesen Leuten zusammen, die ihre privaten Probleme beiseite schoben, um sich den brennenden Fragen des Gemeinwohls zuwenden zu können. Bald würde er genau sein wie sie. Dieser Gedanke ließ ihn auf wundersame Weise allen Kummer vergessen. Und manchmal sagte einer von ihnen: «Wie gut es uns hier geht.»

Eines Nachts faßte er einen Plan: Er wollte den Schatz aus dem Keller holen, ihn ins Büro tragen und wie ein Opfer dem Volke darbringen. Er würde sich erheben und feierlich der Selbstsucht abschwören. Doch sogleich wurde ihm bewußt, daß diese Vorstellung nicht seinen Wünschen, sondern allein seinem Haß entsprang. So könnte er ihr eines Morgens verkünden, es habe tatsächlich einen Schatz gegeben, alles in allem eine beachtliche Summe, doch er habe sich entschlossen, ihn der Allgemeinheit zur Verfügung zu stellen. Der bloße Gedanke daran erfüllte ihn mit einer heimlichen Freude, wie sie nur verbotene Dinge hervorrufen können. Doch sollte diese nicht lange vorhalten.

Im Laufe der folgenden Wochen verkehrten sich die Debatten in dem kleinen Büro in heftige Auseinandersetzungen und persönliche Attacken. Unter den Anwesenden war eine magere Frau mit bitteren Zügen, deren Gesehrei die anderen verstummen ließ. Sie verlangte absolute Selbstlosigkeit und einen Wandel der gesellschaftlichen Werte, jeder von ihnen müsse mit gutem Beispiel vorangehen, auch sei es unabdingbar, den Schritt in die Öffentlichkeit zu wagen. In ihrer Jugend war sie Kommunistin gewesen. Aber es waren nicht ihre bitteren Klagen, die schließlich die Auflösung der Gruppe herbeiführten.

Auf der Organisation lasteten die Schulden von vielen Jahren: Steuern, Gemeindeabgaben, Wasser- und Stromrechnungen, die niemals bezahlt worden waren. Als eines Nachmittags Beamte erschienen, um den Büroraum endgültig zu sperren, stellte sich ihnen niemand in den Weg. Vielmehr herrschte Erleichterung.

11

Der September brachte feuchtwarme Tage ohne Sinn und Ziel. Die Menschen saßen erschöpft in den überfüllten Cafés. Nichts Besonderes geschah. Vor den Türen der Häuser verlor sich wie ein Rinnsal der endende Sommer.

Am Eingang eines Cafés traf Bartfuß Brigitta, die er schon seit einigen Wochen nicht mehr auf der Straße gesehen hatte. Sie trug ein rosafarbenes Kleid mit schmalen Trägern. Verwundert sah ihn ihr rundes Gesicht an, beinahe so, als fühle sie sich von ihm ertappt.

Bartfuß fragte erstaunt: «Was tust du hier?»

«Ich gehe spazieren.»

Sie hatten seit Monaten nicht miteinander gesprochen, da Rosa das Mädchen mit Erfolg gegen ihn abschirmte. Ständig benutzte Rosa Brigittas Krankheit als Vorwand:

«Brigitta braucht einen besonderen Arzt... Sie muß privat behandelt werden... Es gibt ein neues Medikament.»

Rosa benutzte besondere Worte, wenn sie Brigitta ihm gegenüber erwähnte, doch mit der Zeit hatte er gelernt, die Wahrheit von der Lüge zu unterscheiden. Nur gelang es ihm nicht jedesmal. Denn Rosa verstand es, unbemerkt feine Fäden des Mitleids in ihre Forderungen zu weben, um ihn auf diese Weise zu drängen.

«Was tust du hier?» wiederholte er seine Frage.

«Ich war allein zu Hause. Da bin ich eine Limonade trinken gegangen.»

Seit Jahren hatte sie keinen vollständigen Satz zu ihm gesagt.

«Hast du denn Geld?»

«Ja.»

Sie streckte die rechte Hand aus, in der ein zerknüllter Zehnpfundschein lag.

«Brauchst du nicht mehr?» erkundigte er sich.

«Nein. Ich bekomme noch etwas zurück», erwiderte sie. Anscheinend fühlte sie die Münzen bereits in ihrer Hand.

«Und was hast du danach vor?»

Ein Schulterzucken.

Die Sonne stand im Zenit, alle Schatten waren verschwunden. Rasch vergewisserte sich Bartfuß, daß sie nicht beobachtet wurden. Niemand befand sich in ihrer Nähe. Sie waren allein von der Flut des Lichtes umgeben.

Als Brigitta zur Welt kam, schien sie ganz anders als ihre Schwester, sie war ein gesundes, kräftiges Kind. Doch nistete die Krankheit wahrscheinlich schon damals in ihrem Körper. Sie hatte einen guten Appetit, lachte und weinte mit lauter Stimme. Erst in Jaffa, als sie fünf Jahre alt war, entdeckte Rosa fremdartige Züge an ihr. Anfangs nahm er Rosas Bemerkungen nicht ernst. Er war fest davon überzeugt, sie wolle auf diese Weise lediglich ihren Ansprüchen Nachdruck verleihen. Zudem schirmte sie das Mädchen sorgfältig ab, so daß ihm Brigittas Behinderung erst viel später auffallen konnte.

«Wo ist deine Mutter?» fragte er sie.

«Beim Arzt.»

«Und was hast du jetzt vor?»

«Nichts weiter.»

Er verspürte den dringenden Wunsch, ihr mit der Hand über den Kopf zu streichen, hielt sich aber zurück, denn sie sah ihn mißtrauisch an.

«Hast du einen besonderen Wunsch?» fragte er sie. Ihre Augen zogen sich zusammen.

«Was...?» stammelte sie.

«Ich frage dich, ob du dir etwas wünschst.»

«Eine Uhr», antwortete sie ihm und hielt sich schnell die Hand vor den Mund.

Bartfuß sagte:

«Gut, ich werde dir eine kaufen.»

Seine Reaktion schien sie zu überraschen. Wieder hielt sie sich die Hand vor den Mund, aber diesmal lachte sie nicht.

«Komm, laß uns zu einem Juwelier gehen.»

Sie folgte ihm. Nach der jahrelangen Distanz bewegte ihn ihre unerwartete Nähe.

«Was für eine Uhr möchtest du denn gerne?» fragte er sie, ohne sich zu ihr umzudrehen.

Als sie entgegnete: «Eine aus Gold», war ihm, als höre er Rosa sprechen.

Sie gingen die schmalen Straßen entlang, die wie ausgestorben dalagen. Das Licht der Mittagssonne fiel senkrecht auf sie herab. Mit Verwunderung stellte er fest, daß er die buschigen Granatapfelbäume an diesem Tag zum erstenmal wahrnahm, obgleich ihm die Gegend seit langem vertraut war. «Wirst du auch aufpassen, daß du sie nicht verlierst?»

«Ja. Ich verspreche es.»

Im Juni war sie sechzehn geworden. Rosa hatte zu diesem Anlaß eine beträchtliche Summe von ihm verlangt. Beim Anblick der vielen Kosmetika in ihrem Zimmer hatte er jedoch bezweifelt, daß das Geld tatsächlich Brigitta zugute kam. Trotzdem hatte er Rosas Drängen nachgegeben. Sie will mit den unerhörten Ausgaben für Cremes und Schminke nur seinen Zorn schüren, sagte er sich. In diesem Moment war Rosa weit weg, und Brigitta befand sich bei ihm. Freude durchfuhr ihn.

Brigitta aber fühlte sich unwohl. Sie blieb plötzlich stehen und sagte:

«Ich will doch nicht.»

Er wandte sich zu ihr um:

«Weshalb nicht?»

«Mama wird böse werden.»

«Hast du denn Angst vor ihr?»

«Was wird sie bloß sagen...?»

«Gar nichts. Denk nicht darüber nach», riet er ihr in einem Tonfall, der überzeugend klang.

Brigitta ging still hinter ihm her. Zwei Querstraßen weiter fragte sie unruhig:

«Wo ist das Geschäft?»

«Ganz in der Nähe. Wir sind gleich da.»

Als sie die Fahrbahn überquerten, faßte Brigitta Mut. Blitzschnell drehte sie sich zur Seite und verschwand in einer der Nebenstraßen. Bartfuß blieb mit offenem Mund stehen, er wollte ihr noch etwas hinterherrufen, doch ihm versagte die Stimme.

«Sie fürchtet sich.»

Ein wenig von Brigittas Sprachlosigkeit war an ihm haftengeblieben.

Wie sehr sie sich doch vor ihrer Mutter in acht nimmt, überlegte er. Die Furcht vor Rosa war offenbar stärker als die Verlockung, der er sie ausgesetzt hatte. Sein Ärger schwoll an und breitete sich über sein ganzes Gesicht.

Er beschleunigte seine Schritte. Ziellos lief er durch die Straßen der Stadt. Erst nach einer Weile vergaß er seinen Unmut, eine kühle Zurückhaltung bestimmte nun seinen Gang. «Sie fürchtet sich», murmelte er.

Er bestellte sich eine Tasse starken Kaffee. Wie stets nach einer Niederlage setzte sich ein unangenehmes Gefühl in seinem Kopf fest, doch war es diesmal, absurderweise, von Genugtuung begleitet. Als habe er sich gerade noch zurückhalten können, einen gravierenden Fehler zu begehen.

Die Zuneigung, die er für Brigitta empfand, war trotz der Jahre der Distanz und Entfremdung lebendig. Sogar an ihren häßlichen Namen hatte er sich gewöhnt. Sie war die einzige in der Familie, nach der er sich manches Mal sehnte. Sie, die Hilflose, die Stumme, die in den Augen der anderen eine ständige Last darstellte.

Rosa nutzte seine Sympathie für Brigitta nicht nur, um im Namen der Tochter Geld von ihm zu verlangen. Sie versuchte ihm auch ein schlechtes Gewissen einzureden: Er allein sei schuld an Brigittas Zustand. Wie verworren das alles war, vermochte das Mädchen nicht zu durchschauen. Sie plapperte nach, was ihre Mutter ihr unablässig einredete. Und Rosas Bemühungen fruchteten. Irgendwann begann Brigitta ihn wie einen Fremden zu fürchten.

Die Tasse in seiner Hand, saß er minutenlang in Gedanken versunken. Als wollte es ihn ärgern, ging ihm das runde Gesicht seiner Tochter nicht aus dem Sinn. Ein leeres Gesicht ohne Anmut, dessen Lippen wie die eines Tieres zuckten. Da erst begriff er, wie hilflos er sich in ihrer Gegenwart fühlte.

Nachmittags kam er zu sich und verließ das Café. Die Straßen erholten sich langsam von der mittäglichen Hitze, Passanten bewegten sich im spärlichen Schatten voran. Indes verlosch in Bartfuß' Herz der brennende Schmerz.

Auf seiner Wanderung begegnete er Schmugler, den er zuletzt vor einem Jahr gesehen, oft aber in seiner Nähe geglaubt hatte. Klein, gedrungen, ein abgetragenes Jackett über den kräftigen Schultern, so saß er auf der Terrasse eines Lokals. Halb wie ein Lehrer vom alten Schlag, halb wie ein Steuerbeamter. Ein von Grund auf entschlossener Mensch, überbordend vor Energie – seine Erscheinung hatte sich seit der Zeit in Italien nur geringfügig verändert. Schmugler war Kaufmann. Wie all die anderen hier. Und doch existierte ein Unterschied: Seine Geschäfte waren stets von einem besonderen Elan angetrieben, der zweifellos seinem kraftvollen Wesen entsprang. Schon damals, als sie sich noch in Italien aufhielten, hatte er zahlreiche Bewunderer gehabt... aber ebenso viele Feinde.

«Schmugler», rief Bartfuß ihm freudig zu. «Du hast dich überhaupt nicht verändert!»

Die verlorene Freiheit vergangener Zeiten lebte in Bartfuß auf.

«Weshalb sollte ich auch?» erwiderte Schmugler.

Bartfuß wußte nicht recht, was er auf Schmuglers Entgegnung antworten sollte. So sagte er:

«Man kann nie wissen...»

«Was mich angeht, besteht nicht der geringste Anlaß dazu.»

Das war typisch für Schmugler. Von seinem Vater hatte er gelernt, in kurzen Sätzen zu sprechen.

«Schon seit langem wollte ich dich wiedersehen», sagte Bartfuß. «So wenige sind von uns übriggeblieben, und selbst diese – wie soll ich es ausdrücken...?»

Schmugler verzog den Mund:

«Wie bitte?»

Gleich zu Beginn, nach der Befreiung, war den Leuten in Schmuglers Umgebung sein Hang zur Schweigsamkeit aufgefallen, der sich mit der Zeit noch verstärkte und in eine tiefe Sehnsucht verwandelte, die ihn fortan beherrschte. Natürlich wurde ihm seine Wortlosigkeit von den anderen übelgenommen.

Bartfuß aber war glücklich. Sein Verlangen, mit jemand Vertrautem zu reden, ließ ihn all seine Grundsätze vergessen. Er nahm Platz und fing an, in aller Ausführlichkeit zu erzählen. Die meiste Zeit über von seiner Tochter Brigitta. Zwar war ihm bekannt, daß Schmugler persönliche Geschichten verabscheute, doch kam er sich wie ausgedörrt vor: Jetzt, da er sich endlich in der Gesellschaft eines nahestehenden Menschen befand, konnte er seine Zunge nicht länger im Zaum halten.

Schmugler hörte ihm zu. Er sagte kein Wort. Auf dem Platz, der vor ihnen lag, lastete das träge Licht der Nachmittagssonne.

Schließlich fragte er Schmugler:

«Und wie geht es dir?»

«Ich habe mir abgewöhnt, über mich selbst zu reden», antwortete Schmugler leise.

Ohne den Grund seiner eigenen Beharrlichkeit zu erkennen, erwiderte Bartfuß:

«Früher hast du uns unentwegt Geschichten erzählt.»

«Daran erinnere ich mich nicht.»

«Aber ja. Du hast oft von deiner Schwester gesprochen. War sie nicht Pianistin?»

Schmuglers Gesicht spannte sich.

«Doch, doch, ich erinnere mich genau», fuhr Bartfuß fort.

«Ich weiß nicht, wovon du sprichst.»

«Soll das heißen, du zwingst dich zu vergessen?»

«Keineswegs.»

Dann starrten die beiden Männer stumm auf ihr Glas.

Gewiß, Bartfuß erinnerte sich an Schmuglers entschlossenes, leicht aufbrausendes Wesen ebenso wie an seine urteilenden Bemerkungen, doch schien er vergessen zu haben, wie zurückhaltend er war und wie sehr ihn jedes überflüssige Wort aufbringen konnte.

Nach einer Weile machte Schmugler eine unruhige Bewegung, es war offensichtlich, daß er aufbrechen wollte. Die Unterhaltung behagte ihm nicht. Wäre es Bartfuß um ein konkretes Anliegen gegangen, hätte er es gern mit ihm besprochen. Einfach zusammenzusitzen und die Vergangenheit heraufzubeschwören war ihm verhaßt.

Bartfuß hatte an die Bande, die vor vielen Jahren zerrissen waren, anknüpfen wollen, es in seinem Eifer jedoch versäumt, behutsam auf Schmugler zuzugehen. Statt dessen hatte er ihn mit intimen Geschichten und peinlichen Gefühlsäußerungen überschüttet. Schmugler hatte sich alles ungerührt angehört und nur gelegentlich etwas gemurmelt, um seiner Verärgerung Ausdruck zu geben, während sein unterkühlter Blick starr auf Bartfuß gerichtet blieb.

Als Bartfuß sich nach Dorf erkundigte, blieb Schmugler stumm. Da er nicht sicher war, daß Schmugler seine Frage verstanden hatte, wiederholte er sie. Doch auch diesmal kam keine Antwort. Hochmut funkelte in Schmuglers Augen. Bartfuß stellte die Frage noch einmal, und Schmugler blinzelte ihn spöttisch an. Mit einem Satz richtete sich Bartfuß auf und sagte vor Wut gestikulierend: «Ich rede mit dir!» Offenbar entging Schmugler der zornige Unterton, der in Bartfuß' Stimme lag, denn selbst in diesem Moment erwiderte er nichts.

Bartfuß spürte, daß ihn eine innere Kraft mitriß. Wie von selbst schnellte seine rechte Hand nach vorn und landete in Schmuglers Gesicht. Schmugler schien gelähmt. Sekunden später versetzte ihm Bartfuß noch einen Hieb. Sein schwerer Leib neigte sich zur Seite und fiel auf die Bank. Sie waren die einzigen Gäste im Café. Der Besitzer saß zeitunglesend in einem Nebenraum. Da Schmugler keinen Laut von sich gab, blieb der Streit unbemerkt.

«Ich hab dich etwas gefragt», knurrte Bartfuß. Dann entfernte er sich, ohne noch einmal zurückzuschauen.

Die Nachmittagssonne erstrahlte in ihrer ganzen Pracht. Wie ein schmaler Streifen zog sich der Schatten der Dachrinne an den Häusern entlang. Bartfuß' Kopf war leer, die Gedanken weggespült, doch seine Füße bewegten sich in kräftigen Schritten voran. Was kümmerte es ihn, daß sich die Kunde von seiner Untat schon bald ausbreiten würde? Von seinem Schatten begleitet, lief er die menschenleere Straße hinab. Einen mächtigen Aufschrei erwartete er. Doch alles blieb still.

Erst als er an einem Kiosk vorbeikam, bemerkte er, daß seine Fäuste noch immer geballt waren. Er reichte dem Besitzer einen Geldschein und bestellte sich einen Pampelmusensaft. Das kühle Getränk verursachte ein leichtes Brennen in seiner Kehle. Jemand wollte wissen, wieviel Uhr es war. Bartfuß sagte es ihm.

Er dachte daran, nach Hause zu gehen, um Brigitta alles zu beichten. Er wollte ihr auch sagen, daß er vorhabe, den Abend im «Rex» zu verbringen. Wenn jemand nach ihm frage, solle sie ihn dort hinschicken.

Einen Augenblick später hatte er sein Vorhaben bereits vergessen. Da er sehr durstig war, bestellte er sich noch ein Glas Saft. Die Straßen waren wie ausgestorben. Das Meer schimmerte in einem kräftigen Grünton. «Das Meer...», sagte er zu sich selbst, «ich sollte zum Strand gehen.» Und sogleich bog er in eine Nebenstraße ein. Zu seiner Überraschung führte sie ihn an jene Ecke zurück, an der Brigitta vor ihm geflohen war. «Brigitta... ich wollte ihr doch nur etwas schenken. Wer kauft ihr nun die goldene Uhr? Rosa wird es bestimmt nicht tun.» Über diese Frage vergaß er den beschämenden Gedanken an Brigittas Flucht und steuerte direkt auf den Juwelierladen zu.

Die teuerste sollte es sein. Eine Omega. Selbst der Verkäufer sprach diesen Namen mit einem Lächeln aus. Bartfuß bezahlte, ohne zu feilschen.

Plötzlich glaubte er, es sei besser für ihn, an einen anderen

Ort zu fahren. Als er ein Taxi herannahen sah, stoppte er es und stieg ein.

Draußen gingen die Lichter an. Man hätte annehmen können, eine vermeintliche Ausgangssperre sei gerade beendet: Dicht gedrängt strömten die Menschen durch die Hauptverkehrsstraßen der Stadt. Es roch nach gebratenem Fleisch.

Am Busbahnhof bestieg er den Bus nach Netanya. Unbeleuchtet und leer wartete das Gefährt auf die Reisenden. Bartfuß atmete auf. Er rechnete aus, daß er das Ziel seiner Reise in ungefähr einer Stunde erreichen würde. Eine Frau, die in seiner Nähe Platz nahm, fragte ihn, ob er sich in Netanya auskenne, und er erklärte ihr konzentriert und geduldig den Weg von der Haltestelle zur Jabotinskystraße.

Nach und nach füllte sich der Bus mit Reisenden. Bartfuß zählte das Bargeld in seiner Tasche und betrachtete noch einmal die goldene Uhr. Er befand, daß sie schön, geschmackvoll und leise sei. Dann nickte er ein.

Wenig später wurde er vom Rattern des Motors wach. Im ersten Moment wollte er aussteigen. Er kannte die Strecke genau, und der Bus schien an diesem Abend eine andere Route zu fahren. Schließlich bestätigte ihm einer der Mitreisenden, daß sie sich tatsächlich auf dem Weg nach Netanya befanden. Ein kühler Seewind streifte sanft seinen Hals, während der Bus dem Fahrtziel entgegenschaukelte.

Um halb neun kamen sie an. Wie alle anderen stieg Bartfuß hastig aus. Doch dann sagte er sich, zur Eile bestehe kein Grund; der Abend hatte gerade erst angefangen.

Er wollte ein Programm für die vor ihm liegenden Stunden aufstellen: «Zuerst ans Meer...» Alles war hell erleuchtet, viele Menschen saßen in den Bistros und tranken Kaffee. Eine frische Brise wehte über die Allee. Langsam.

Ich habe Zeit, dachte er bei sich, ohne zu wissen, wozu er sie nutzen wollte. Der Impuls, der ihn hergeführt hatte, trieb ihn voran.

So kam er ans Meer. Vor einigen Jahren war ihm hier eine Frau begegnet, mit der er die ganze Nacht über zusammenblieb. Jetzt war niemand zu sehen. Angesichts des verlassenen Strandes wich er ein paar Schritte zurück und wandte sich gleich wieder den Lichtern zu.

«Ich werde mich in ein Bistro setzen», dachte er mit der Zufriedenheit eines Menschen, der seine Bestimmung gefunden hat.

Er trank zwei Tassen Kaffee. Sein Blick fiel auf den fülligen Leib der Serviererin, der in ein gepunktetes Popelinekleid gehüllt war.

In allen Einzelheiten schilderte sie ihm, wie es ihr vom Verlassen Rußlands bis hin zur Ankunft in Palästina ergangen war. Der Wirt saß an der Kasse und ließ sie ungestört reden. Das Bistro war beinahe leer.

Bartfuß spürte erneut das Verlangen, anderen Menschen zuzusehen. Solche Betrachtungen hatten früher stets Ruhe in ihn einkehren lassen.

Die Serviererin bediente sich einer einfachen, monotonen Sprache. In den langen qualvollen Jahren hatte sie gelernt, ihrem Leid mit Worten Ausdruck zu geben.

Nach einer Weile hielt sie inne und sah Bartfuß an.

«Und was tun Sie hier?»

Bartfuß gab vor, in Netanya Informationen für einen kleineren Geschäftsabschluß einholen zu müssen. Die Serviererin erwiderte nichts auf seine Erklärung.

In diesem Moment der Stille kreisten Bartfuß' Gedanken um seine eigene Person. Er fühlte sich in den langen, kilometerhungrigen Bus zurückversetzt, sah noch einmal im schummrigen Licht die Gesichter der Reisenden, die sich, wie von Alpträumen gepeinigt, zurückgelehnt hatten. Ein unbändiges Verlangen zuckte in seinen Beinen.

Die Serviererin schwieg.

Unvermittelt fiel ihm ein, sie zu fragen, bis wann sie arbeiten müsse.

«Zwei Stunden noch.»

Als er das verschwörerische Lächeln auf ihren Lippen sah, glaubte er, um dieser Frau willen habe ihn sein Gefühl hierhergeführt.

Es herrschte vollkommene Stille, niemand kehrte in das Bistro ein.

Bartfuß erhob sich.

«Ich komme in zwei Stunden zurück.»

Die Frau nickte zustimmend.

Dann brach er auf. Die kühlen, hell erleuchteten Straßen strahlten eine nächtliche Ruhe aus. Bartfuß stellte sich geräumige Wohnzimmer vor, in denen Menschen in Sesseln saßen und Musik hörten. Wie von selbst trugen ihn seine Füße die Allee hinunter. Nach einer Weile kam er am «Café Admiral» vorbei. Alle Tische waren besetzt. Einst hatte er zu den Stammgästen dieses kleinen, reich verzierten Lokals gezählt. Aber nicht wegen der in satten Rottönen gehaltenen Ausstattung war er gekommen – allein die Leute zogen ihn an; mit ihnen konnte er diskutieren, Erinnerungen austauschen und längst Vergangenes wieder und wieder besprechen.

Als er sich dem Eingang näherte, verwarf er die anfängliche Idee hineinzugehen. Überall sah er verbitterte Gestalten über die Tische gebeugt. Die Worte, die durch die Luft schwirrten, zeugten von Resignation, nicht von Durchsetzungskraft. Ein schwerfällig wirkender Mann rief mit erhobener Hand: «Und du? Was hast du damals getan?» Seiner erbärmlichen Pose haftete der Geruch jahrelang unterdrückten Zorns an.

Aufgrund dieser Szene zuckte Bartfuß beim bloßen Gedanken an die Nähe anderer Menschen zusammen.

Der Autoverkehr hatte nachgelassen. Hin und wieder flogen noch undeutliche, aus der Dunkelheit auftauchende Gesichter an ihm vorüber. In seinem Hirn wirbelten Wörter, die er seit Jahren nicht mehr ausgesprochen hatte. «Mascara», hämmerte es in seinem Kopf. Ein Wort, das Rosa nach Paulas Geburt oft gebrauchte.

Er bestellte sich an einem Kiosk zwei Gläser Saft. Als sein Durst gestillt war, sagte er zu sich selbst: Und jetzt rasch an den Strand zurück!

Die See war näher, als er gedacht hatte. Er konnte sie durch die dicht gewachsenen Büsche bereits erkennen. Ein dämmriger Glanz ergoß sich über den verlassenen Park.

Für wenige Sekunden war er wie von Sinnen, kam sich leicht und unbeschwert vor. Und während er bewegungslos dastand, schien es ihm, als dehne sich die Leere, die ihn umgab, bis in die Unendlichkeit. An nichts anderes konnte er denken. Alles geriet in Vergessenheit. Er strich sich über die Hand, sie fühlte sich kalt an.

«Was tust du hier?» fragte ihn eine Stimme.

Bartfuß erschrak.

«Wer ist da?»

«Erkennst du mich nicht? Ich bin es. Lilli. Wir haben uns doch neulich gemeinsam ein paar schöne Stunden gemacht.»

«Sie verwechseln mich.»

«Ich sitze hier schon seit neun Uhr und warte auf dich. Wir waren verabredet.»

Als er den Kopf zur Seite wandte, sah er auf der Bank eine Frau sitzen.

«Was wollen Sie von mir?»

«Da fragst du mich noch?»

Er konnte die Frau in der Dunkelheit kaum erkennen. Allein ihre kräftige Figur, der dicke Wollpullover und die übereinandergeschlagenen Knie fielen ihm auf.

«Hier handelt es sich um einen Irrtum.»

«Ich irre mich nie», antwortete deutlich vernehmbar die nächtliche Stimme.

«Ich bin fremd hier, ich komme aus Jaffa. Ich habe lediglich Informationen für ein kleines Geschäft eingeholt und, bevor ich zurückfahre, noch etwas frische Luft schöpfen wollen.»

«Das stimmt nicht ganz, aber ich möchte jetzt nicht ins Detail gehen. Jedenfalls wirst du deine Schulden bezahlen.»

«Wovon sprechen Sie eigentlich?»

«Spiel nicht den Unschuldigen. Du weißt genau, was ich meine.»

Er schaute kurz in die entgegengesetzte Richtung, als wolle er sich davonstehlen. Die Stimme sprach ruhig weiter:

«Ich kann einen großen Skandal heraufbeschwören. Das wird dich teuer zu stehen kommen.»

Er verfluchte seine Füße, weil sie ihn auf solch unsicheres Gelände getragen hatten. Überall wimmelte es von Getier, es gab kein Entrinnen. Für einen Augenblick nur gelang es ihm, die Fesseln zu lockern, und er rief:

«Aber ich bin Ihnen nichts schuldig.»

Doch schienen seine Worte ungehört zu verhallen. Unbeirrt prophezeite sie:

«Dafür wirst du teuer bezahlen.»

Die Selbstsicherheit, die aus dem Klang der fremden Stimme sprach, verlieh der Drohung den Anschein konkreter Gefahr.

«Das ist Erpressung», stellte Bartfuß verzweifelt fest.

Sie aber antwortete ihm: «Warum bist du nur so störrisch?» – als wäre er ein ungezogener Junge.

«Hier, nimm», erwiderte er und hielt ihr einen Geldschein hin.

«Mit den paar Pfund glaubst du mich kaufen zu können?» fragte sie selbstbewußt.

«Wieviel verlangst du?»

«Fünfhundert.»

«Ausgeschlossen.»

«Wozu sträubst du dich nur?» sagte sie sanft mit weiblicher Stimme. «Denk an das Aufsehen, das ich verursachen werde... Verlange ich tatsächlich zuviel? Du wirst gewiß keinen Schaden nehmen, und für mich kann es nur nützlich sein. Frauen wie ich sind von Natur aus verschwenderisch. Glaube mir, wenn ich wollte, könnte ich noch viel mehr von dir bekommen.»

Er versuchte zu verhandeln:

«Deine Forderung ist überhöht.»

«Ist dir Großzügigkeit vollkommen fremd? Ich verlange nicht mehr, als mir zusteht.»

«Und du versprichst, keine neuen Forderungen zu stellen?»

«So wahr ich hier sitze. Ich möchte doch nicht wegen eines Meineids in Verruf kommen.»

Schließlich gab er ihr alles Geld, das er bei sich trug. Sie nahm es und faltete die Scheine zusammen.

Damit war die Unterhaltung beendet, und er kehrte geradewegs zur Straße zurück.

Je weiter er ging, desto wacher fühlte er sich. Allmählich wurde ihm auch an den Füßen warm. Er hörte auf, sich selbst und die Nacht zu verfluchen. Die Niederlage, die er erlitten hatte, hatte seine Sinne belebt. Ihm fiel das Versprechen ein, das er der Serviererin im Bistro gegeben hatte. Aber es war zu spät, um sie noch abzuholen. Die Lichter in den Schaufenstern gingen nach und nach aus. Von der See wehte eine feuchte Brise herüber. Einmal warf er einen Blick zurück, um sich zu vergewissern, daß ihm die Hexe aus dem Park nicht gefolgt war. Nichts regte sich in seiner Umgebung.

«Ich sollte mich auf den Heimweg machen», überlegte er. «Der letzte Autobus geht um zwölf. Wenn ich mich beeile, erreiche ich ihn noch.»

Zielsicher schlug er den kürzesten Weg ein. Er hätte sich Zeit lassen können, denn die Haltestelle lag näher, als er geglaubt hatte. Der Bus stand zur Abfahrt bereit, voller Leute, die in friedlich klingende familiäre Gespräche vertieft waren. Bartfuß war froh, rechtzeitig an der Haltestelle zu sein. Als der Fahrer von seinem Sitz herabstieg und dem Kontrolleur zurief: «In fünf Minuten fahren wir los!», schien niemand davon Kenntnis zu nehmen. Eigentlich galt der Ruf einem Mann, der dicht bei der Mauer stand und eine Frau mittleren Alters in seinen Armen hielt.

In diesem Moment erst fühlte sich Bartfuß in Sicherheit.

In letzter Zeit hatte er es sich zur Gewohnheit gemacht, sich die Stationen eines vor ihm liegenden Weges auszumalen. Er würde am Busbahnhof aussteigen und von dort zu Fuß gehen müssen. So spät gab es keine andere Möglichkeit. Da die Straßen aber beleuchtet waren, hatte er nichts zu befürchten.

Um ihn herum herrschte eine behagliche Stimmung. Die Reisenden plauderten in aller Ruhe, benutzten die alten, lebendigen Worte, die lange Zeit dahingewelkt waren und nun, in der Dunkelheit, von neuem erblühten. Mit der Gier eines Verdurstenden bemächtigte er sich ihrer. Pünktlich um Mitternacht löste der Fahrer die Bremse. Die Leute bemühten sich, lauter zu sprechen, aber das Geräusch des Motors und des Seewindes ließ sie bald schon verstummen.

Nun war Bartfuß hellwach. Er hatte das Gefühl, aus weiter Ferne zurückzukehren. Er war fort gewesen, um ein paar Dinge zu regeln, entsann er sich vage. Doch... was genau und an welchem Ort? Er wußte es nicht mehr. Er dachte an den endenden Sommer und den Herbst, der bevorstand. Ich muß die Schatztruhe öffnen und meine Schulden begleichen. Es gibt doch noch so etwas wie ein Pflichtgefühl. Die Leute, die aus den Lagern kommen, sind bereit, ihre Aufgabe zu erfüllen. Schließlich hat jeder heilige Pflichten. Wie ein Wurm den Tod zu fürchten, ist ein großes Unheil. Nur derjenige, dem es gelingt, diese Furcht zu vergessen, wird in die Freiheit hinaustreten können. Haben wir das nicht stets verkündet?

Worte, die er selbst gesagt, und Worte, die er gehört hatte, stürzten jäh auf ihn ein. Sie kreisten in seinem Hirn, wühlten sein Innerstes auf. Erst kurz vor der Ankunft überkam Bartfuß Müdigkeit. Der Autobus fuhr langsam durch Tel Aviv, von den Lichtern der Großstadt erleuchtet. Bartfuß kauerte sich in seinen Sitz und beruhigte sich. Die Stadt lag in nächtlichem Schweigen. Auch am Bushof war alles still, die Busse standen aufgereiht da. Am finsteren Himmel wellten sich ein paar schmutzig schimmernde Wolken.

Bartfuß bewegte sich in großen Schritten voran, doch gelang es ihm nicht, sich ganz aus den Fängen der Schläfrigkeit zu befreien. Er empfand Erleichterung wie nach einem lang anhaltenden Schmerz, denn kein einziger Gedanke bedrängte ihn mehr. Er fühlte sich wohl, während er so durch die Dunkelheit ging.

Beim Öffnen der Haustür schien das alte Gebäude für Sekunden zu erzittern. Danach war nichts mehr zu hören.

«War da noch etwas?» murmelte er, erschöpft auf sein Bett sinkend.

12

Der Sommer geriet in Vergessenheit, als habe es ihn nie gegeben. Die Verschwörung um ihn herum wurde immer bedrückender. Ihm war, als habe sich selbst Brigitta ihr angeschlossen. In Wirklichkeit aber tat sie nichts, was seinen Eindruck bestätigen konnte. Die Monate an der See hatten das Gesicht und den Hals des Mädchens gebräunt. Ihr Haar war von der Sonne geblichen, und ihre Brust atmete noch den Duft von Salzwasser und Eau de Cologne. Bisweilen vernahm er, wie Rosa sie antrieb:

«Bügle! Du sollst bügeln!»

Wenn er nicht da war, schmiedeten die anderen Pläne. Sie stellten Berechnungen an und interpretierten. Keine seiner Bewegungen blieb ihnen verborgen. Eines Tages bemerkten sie einen Fleck auf seiner Stirn, und sogleich hielt Rosa eine Erklärung bereit:

«Er trinkt zuviel Bier.»

Das Geld erwähnten sie nicht. Und doch kreisten all ihre Gespräche allein um dieses Thema. Eine Art Aberglaube flüsterte ihnen zu, daß sie eines Tages ans Ziel ihrer Wünsche kämen. Sie müßten nur darauf warten, dürften die Geduld nicht verlieren. Meistens gelang es ihnen, Zurückhaltung zu üben. Nur manchmal verloren sie die Beherrschung und stürzten in Bartfuß' Abwesenheit in sein Zimmer, ganz so als wollten sie es auf den Kopf stellen.

Bei seiner Heimkehr am Abend konnte er am Zigarettenrauch feststellen, ob sie wieder seinen Fall erörtert und in seinem Zimmer herumspioniert hatten. Selbst die feinen Schatten auf dem Fußboden des Raumes verrieten es ihm.

Die See, deren Nähe er im Sommer so sehr genossen hatte, verlor ihren Reiz. Tiefhängende Wolken zogen über das Wasser und ließen sein Blau aufschäumen. Es wehte ein schneidender Wind. Die meisten Stunden des Tages verbrachte er im Café oder im Autobus. Manchmal fuhr er aufs Land, doch nie mehr nach Netanya.

Hin und wieder begegnete er Dorf und Scheer, die wie ein Luftzug an ihm vorüberhuschten. Offenbar verfolgten sie ihn. Es schien ihm, als betrachteten sie ihn mit verängstigtem Blick. Insgeheim wünschte er, sich ihnen anvertrauen zu können, aber er wagte es nicht, da ihm ihre Fremdartigkeit Unbehagen bereitete.

In diesem Herbst stattete er Silvia lange Besuche ab. Sie war eine unerschrockene Frau von schlanker Gestalt, ohne einen Anflug von Zärtlichkeit. Unmittelbar nach dem Krieg hatte sie in Italien einen ehemaligen Rechtsanwalt geheiratet, einen zurückhaltenden, höflichen Mann. Zwei Jahre lang lebten sie gemeinsam im Toben des damaligen Chaos. Es gelang ihm, ein Galanteriewarengeschäft aufzubauen. Doch wurde Silvia schon nach wenigen Monaten seines ruhigen Gemüts und seiner Manieren überdrüssig; den Anblick, wie er still am Tisch saß und rauchte oder wie er des Nachmittags auf dem Kanapee ruhte, konnte sie nicht ertragen. Sie stimmte all den anderen zu, die behaupteten, er sei ein gutmütiger Mensch, doch brachte sie sein ruhiges, maßvolles Benehmen unentwegt aus der Fassung.

Und als er eines Abends zurück in die Hütte kam, die sie bewohnten, fand er nichts als eine Nachricht von ihr:

«Ich verlasse dich. Ich halte es nicht länger aus.» Hätten ihre Vettern ihr eine Einreisegenehmigung für die Vereinigten Staaten verschafft, wäre sie sicher nach Amerika gegangen. Aber sie hatten auf ihre Bitte nie reagiert und ihr statt des Visums ein Paket voll abgetragener Kleider geschickt. Wütend hatte sie den Karton in Stücke gerissen und an jeden, dem sie zufällig begegnete, Blusen und Unterwäsche verteilt. Seit ihrer Ankunft in Palästina hatte sie noch zweimal geheiratet und war wieder geschieden worden. Beide Männer nannte sie Schufte. Wenn sie von ihnen erzählte, hätte man glauben können, es handle sich um ein und dieselbe Person; tatsächlich hatte sie jedoch nur der eine gezwungen, arbeiten zu gehen. Der Mann, mit dem sie in Italien verheiratet gewesen war, erschien in ihren Erzählungen wie ein lästiger Bruder, dem der eigentliche Sinn menschlichen Lebens vollkommen fremd war.

In ihrer Jugend hatte sie das jüdische Gymnasium in Seiditz besucht und war eine der wenigen, die noch das Abitur ablegen konnten. Sie pflegte vom jüdischen Recht wie vom Prinzen eines untergegangenen Reiches zu sprechen. Ganz zu schweigen von ihrer Begeisterung für die moderne Lyrik, die ihrem Wesen einen dunklen Zauber verlieh. Sobald sie sich einer eigentümlichen Wendung entsann, strahlte sie, als koste sie von selbstgemachtem Pflaumenmus. Trotz aller Schicksalsschläge hatte sie den Stolz, erfolgreiche Absolventin einer höheren Schule zu sein, nie verloren. Ganze Strophen von Gedichten, mathematische Formeln hatte sie in ihrem Gedächtnis bewahrt. Zwar war ihr manches abhandengekommen, nicht aber die Liebe zur Literatur, von der der Geruch verdünnten Giftes ausging.

Sie war ein nachdenklicher Mensch, der ständig eine Zigarette im Mund hielt. Bartfuß ahnte, daß sie über Worte verfügte, mit denen sie ihn aus dem Sumpf, in dem er zu versinken drohte, herausziehen konnte. Die Melodie ihrer Sätze verströmte den Duft eines Gartens, einer offen vor ihm liegenden Welt – er mußte ans Theater und an von Laternen erhellte Avenuen und Parks denken.

Oft klagte sie über das Klima, die feuchte Hitze in diesem Land und über das Häßliche um sie herum. Am liebsten würde sie in einem christlichen Dorf leben, sagte sie, von ungebildeten Bauern umgeben, das sei besser als die Gesellschaft von Krämern und Spekulanten. Die Gojim seien grausam, aber nicht abstoßend gewesen. Mehr als alles andere verabscheute sie die Orthodoxen, die sich wochentags an den Verkaufsständen drängelten und am Sabbat, Kernchen kauend, auf ihren Balkons saßen. Ihr größter Stolz war es, der einzige Sproß einer assimilierten Familie zu sein.

Wenn er sie besuchte, brachte er ihr Schokolade oder Pralinen mit. Doch nicht jedesmal erinnerten ihre Erzählungen an den Duft eines Gartens. Bisweilen schien es bei ihr nach Bitterkeit, Schmerz und Leid zu riechen.

Als der Krieg ausbrach, hatten sie und ihre Eltern in den Wäldern Zuflucht gefunden. Es waren wunderbare Wochen tiefer Verbundenheit gewesen. Sie aßen das Brot und den Käse, die sie im Schutze der Dunkelheit bei den Bauern kauften. Die Zeit der Vertreibung und der Ghettos hatte noch nicht begonnen, doch ging Angst unter den Leuten um. Niemand wußte genau, was die Zukunft ihm bringen würde; ein jeder erlebte noch einmal eine kurze Phase des Glücks. Eines Nachts verirrte sie sich und fand ihre Eltern nicht wieder. Einen ganzen Monat lang war sie auf der Suche nach ihnen, aber der Wald schien sie verschlungen zu haben. Damit brach die Zeit der Wanderschaft an: die Flucht, Italien, die gescheiterten Ehen, Jaffa, die Hitze und die Hoffnungen, die allesamt trügerisch waren.

An ruhigeren Abenden erklärte sie ihm, daß es von Vorteil sei, um das eigene Verfluchtsein zu wissen.

Die meisten Stunden des Tages verbrachte sie lesend, rauchend und Kaffee trinkend daheim. Ihr Zimmer machte einen vernachlässigten, unordentlichen Eindruck, entbehrte jedoch nicht einer gewissen Strenge. Ein leichter Schatten lag über allem.

Einmal sagte sie zu Bartfuß:

«Von Männern wie dir erwarte ich, daß sie großzügig sind. Einfach großzügig... Verlange ich zuviel?»

Sie sprach mit ruhiger, fordernder Stimme zu ihm. «Ich verstehe nicht», entgegnete er. «Hältst du mich für einen Geizhals?»

«Du bist weder geizig noch großzügig», antwortete sie.

Von nun an schenkte er ihr nicht nur Pralinen, sondern auch Kaffee edelster Sorte und einmal sogar eine teure Kaffeemaschine. Silvia schien die Geschenke für selbstverständlich zu halten, sie nahm sie ohne Überschwang an.

Immer wieder beschloß er, sie nie mehr zu besuchen. Doch was sollte er tun? Bei schönerem Wetter hätte er ans Meer gehen können, aber der Sommer war endgültig vorbei, der Strand verlassen, und über die leerstehenden Buden fegte der Seewind hinweg. Die Menschen verkrochen sich in ihren Häusern. Wenn er am Abend in seine Wohnung zurückkehrte, erwartete ihn, um den Tisch versammelt, der Rat der Verschwörer.

«Er ist da», hörte er sie sagen.

«Sprich du mit ihm, Paula», versuchte der Schwiegersohn seine Frau vorzuschicken.

«Weshalb gehst du nicht selbst?» erwiderte sie mißmutig.

Schließlich mischte sich Rosa ein. Sie sprach ein paar Sätze, die Bartfuß aus der Entfernung nicht verstand. Anscheinend wollte sie die Kinder beschwichtigen, um einen Streit abzuwenden.

Er erinnerte sich, daß sein Schwiegersohn einst voll Abscheu gesagt hatte:

«Auf keinen Fall gehe ich zu ihm. Es widerstrebt mir, mit ihm zu reden.»

Das Geheimnis beschäftigte sie unentwegt. Wo liegt das Geld vergraben? Seit März hatten sie jeden Abend zusammengehockt, hatten sich beraten, gestöbert, die Kinder hatten Rosa gedrängt, intime Details aus der Vergangenheit preiszugeben. Bartfuß selbst aber hatten sie nicht den kleinsten Hinweis entlockt. Er hatte sich jeden Tag ein wenig mehr verschlossen, und wenn er um Mitternacht in seine Jacke gehüllt heimkam, erschien er ihnen wie ein boshaftes Stachelschwein.

In jenen Herbstmonaten ging ihm der Gedanke nicht aus dem Sinn, nach Italien oder Australien zu fliehen... Am Ende verwirklichte er den Plan nicht. Still, aber unverkennbar, zog er sich in sich selbst zurück und lauschte seiner Umgebung mit stetig wachsender Aufmerksamkeit.

Selbst bei Silvia, die seine Zuflucht war, hatte er es nicht immer leicht. Mancher Satz, den sie sagte, drang wie eine bittere Flüssigkeit in sein Herz.

«In deinem Kopf dreht sich alles um deine eigene Person. Kannst du keinen Moment an etwas anderes denken?»

«Das stimmt nicht», versuchte er zu leugnen.

«Gib es doch zu!»

Tatsächlich bordete Bartfuß über vor Gefühlen, doch gelang es ihm nicht, eine klare Einstellung zu seiner Umgebung zu finden.

Gewiß, er fand Gefallen daran, anderen Menschen zuzusehen. Angesichts belangloser Kleinigkeiten erfaßte ihn eine morbide Begierde: Wie die Leute saßen, sich duckten, schwiegen oder miteinander sprachen, derartige Eindrücke erschütterten die Starre in seinem Innern. Gleichzeitig flößten sie ihm aber auch Angst ein, ein Gefühl, für das er seine körperliche Schwäche verantwortlich machte.

Eines Tages riet Silvia ihm:

«Denk doch einmal nach über das, was dir geschieht.»

Bartfuß entgegnete, wie aus dem Schlaf gerissen:

«Ich...?»

«Es könnte dir Mut machen.»

«Ich fürchte mich nicht.»

«Du verstehst mich nicht. Ich meine, es könnte dir Kraft geben.»

«Wovon sprichst du eigentlich?»

Seine Familie erwähnte er nie. Und Silvia stellte ihm keine Fragen. Sie stimmten beide in ihrer Ablehnung der Familie überein. Der Mensch war zum Alleinsein geschaffen, das war die einzige Grundlage der Existenz. Die Familie führte ihn unweigerlich zu einem Abgrund.

So redeten sie Nacht um Nacht. Bartfuß fühlte sich wohl, wenn er über Silvias Bemerkungen nachsann. Die Wörter sickerten wie die Noten einer Melodie in sein Bewußtsein.

Zu jener Zeit war Silvia bereits schwer krank. Obwohl Bartfuß davon wußte, sprachen sie nie über ihr Leiden. An manchen Abenden sagte sie einfach: «Es ist besser, wenn du jetzt gehst.» Und er gehorchte ihr.

Daheim wurde die Situation immer bedrohlicher. Trotzdem bedrückte sie ihn nicht mehr. Er war erfüllt von den langen Gesprächen mit Silvia.

«Was meinst du, wenn du von Kraft sprichst?»

«Ein Wort, das dich angeht.»

«Ich brauche keine Wörter», sagte er abwehrend.

«Weil du dich wie ein Schlafwandler durch das Leben bewegst?»

Er sah sie fragend an, obgleich er ihre Andeutung verstanden hatte. So versuchte Silvia ihm eine Erklärung zu geben.

«Glaubst du, daß wir für etwas Bestimmtes leben?» fragte sie ihn.

«Ich weiß es nicht.»

«Was mich betrifft, so fühle ich mich meinen Eltern heute näher als je zuvor. Die Liebe, die ich für sie empfinde, ist grenzenlos.»

«Mir geht es ebenso», erwiderte Bartfuß.

«Selbst wenn diese Liebe, die zweifellos rein ist, den einzigen Sinn meines Lebens darstellt, kann der Tod nicht allmächtig sein.»

Am nächsten Tag verschlechterte sich ihr Zustand, so daß sie ins Krankenhaus gebracht werden mußte. Als Bartfuß davon erfuhr, wünschte er, in jenem Moment bei ihr gewesen zu sein. Ihre Nachbarin, eine gepflegte Frau, die von der Pension ihres verstorbenen Mannes lebte, berichtete ihm, man habe sie vor zwei Stunden abgeholt. Sie sei bei vollem Bewußtsein gewesen und habe kein bißchen geklagt. Sie sprach von Silvia wie von einer Toten, die man aus ihrer Wohnung getragen hatte.

Bartfuß machte sich auf den Weg zum Krankenhaus. Weshalb habe ich sie nicht in größerem Maß unterstützt? Ich hätte ihr helfen können... Ich hätte ihr das Kaffeeservice kaufen sollen, das sie sich so sehr gewünscht hat, überlegte er einen kurzen Moment lang, während er durch die Straßen ging. Die Lichter, die aus den Fenstern herabschienen, erhellten seine Umgebung. Je näher er dem Krankenhaus kam, um so gehetzter wirkte sein Gang. Für Sekunden schien ihm, als wolle der Ladenbesitzer, den er am Eingang seines Geschäfts sitzen sah, etwas fragen; aber seine Sinne spielten ihm nur einen Streich. Er erinnerte sich an Silvias Ausspruch vom vorigen Abend: «Selbst wenn diese Liebe...» Der klare Klang des Satzes weckte ihn aus seiner Starre.

«Ob sie es gestern bereits gewußt hat?»

«Mag sein. Man hat es ihr nicht ansehen können.»

«... und wenn ich ihr sagen würde: Ich kaufe dir das Kaffeegeschirr, würde das nicht helfen, ihren Lebenswillen zu stärken?»

Vor dem Krankenhausportal blieb er stehen. Von dort draußen konnte er nichts Besonderes erkennen. Der matte Schein der Lichter strahlte eine bedrückende Stille aus.

«Sie wünschen?» wurde er am Empfang gefragt.

«Ich bin ein Bekannter von Silvia Cohen.»

«Ihre Bekannte ist noch einmal davongekommen. Ich habe es gerade eben erfahren.»

«Das ist erfreulich», sagte Bartfuß, da er keine treffendere Antwort fand.

Stolz entgegnete der Mann:

«Solche Nachrichten überbringt man gerne.»

In den folgenden Wochen kam Bartfuß täglich ins Krankenhaus, sein Tagesablauf wurde von diesen Besuchen bestimmt. Er dachte an Silvia wie an einen vertrauten Menschen, der fern ist. Obwohl er sie nur wenig kannte, fühlte er sich ihr zutiefst verbunden.

Bis um vier pflegte er im Café zu sitzen. Danach ging er ins Krankenhaus. Die Stunden rauschten wie Eisenbahnwagen an ihm vorüber.

Doch gehörten seine Gedanken nicht Silvia allein. Auch an Brigitta mußte er denken. An ihre Krankheit. An das Gesicht, das er nur verstohlen betrachten durfte. Er hegte Zweifel, ob ihre Behinderung von Geburt an bestanden hatte oder dem Gift entsprang, das ihre Mutter ihr einflößte.

Als er sich vor vielen Jahren einmal allein mit Brigitta in der Wohnung befunden hatte, hatte er sie gefragt:

«Was soll ich dir kaufen?»

Lächelnd erwiderte sie:

«Ein grünes Kleid.»

Er versprach ihr, es gleich am folgenden Tag zu besorgen. Aber plötzlich bereute sie ihre Antwort.

«Was wünschst du dir dann?»

«Nichts. Von dir nichts.»

Er wußte genau, daß dies nicht ihre eigenen Worte waren, sondern daß Rosa sie ihr eingeimpft hatte. Trotzdem glühte er vor Zorn.

Als Rosa von dem Gespräch erfuhr, sagte sie wütend:

«Er möchte das Kind zum Preis eines Kleides kaufen!»

In den Wochen, in denen Silvia im Krankenhaus lag, grübelte er auch über seine alten Bekannten, Dorf, Scheer und Schmugler. Wieder fragte er sich, wie und wann der trennende Wall zwischen ihnen entstanden war.

Er kaufte Silvia das Service, eine luxuriöse italienische Ausführung, die damals sehr teuer war.

Ein Tag glich dem anderen. Nur in Bartfuß selbst bewegte sich etwas, das flüsterte und verletzte.

Eines Tages bemerkte er im langgestreckten Warteraum einen zurückhaltend auftretenden Mann, der einen Koffer neben seinem Stuhl abgestellt hatte. Man hätte glauben können, er komme nicht als Besucher eines Patienten, sondern beabsichtige, sich selbst einweisen zu lassen. Er harrte eine Weile auf seinem Platz aus, dann erhob er sich und verschwand. Bartfuß mußte ihn zunächst übersehen haben. Als er jedoch feststellte, daß der Mann sich Tag für Tag im Krankenhaus einfand, erschien er ihm wie ein Freund oder Verwandter.

In der Zwischenzeit verschlechterte sich Silvias Befinden. Bartfuß wurde nichts Genaueres mitgeteilt. «Hoffen wir auf ein Wunder», sagte die tatkräftige Pflegerin in einem Tonfall, in dem sonst nur gläubige Menschen sprechen. Als der Fremde hörte, daß Silvias Name fiel, erhob er sich, um zur Anmeldung hinüberzugehen.

Unvermittelt sprach Bartfuß ihn an:

«Warten auch Sie auf die Erlaubnis, Silvia zu sehen?»

«Ja.»

«Weshalb haben Sie sich bisher nie nach ihr erkundigt?»

Der Mann sah zu Boden, eine leichte Röte stieg ihm in die Wangen. Er trat einen Schritt zurück, und Bartfuß beharrte nicht länger auf seiner Frage. Am Abend, nach zwei Flaschen Bier, schwor er sich, Silvia eine stattliche Summe Geldes zu schenken, wenn sie wieder gesund würde. Je mehr er trank, desto deutlicher glaubte er zu erkennen, wie sich in seinem Innern ein scheinbar unlösbares Knäuel entwirrte. Als er gegen Mitternacht endlich die Rechnung verlangte, gab er dem Kellner versehentlich Dollar- statt Pfundnoten. «In vino veritas», sagte der Kellner und lachte. Doch Bartfuß war nicht betrunken, er war in jenem Moment nur ein wenig verwirrt.

Als er am Nachmittag des folgenden Tages erneut dem Fremden begegnete, fragte er ihn:

«Sind Sie ein Bekannter von Silvia?»

Der Mann riß seine runden Augen weit auf und gab ihm ohne Umschweife zur Antwort:

«Wir waren verheiratet. In Italien.»

«Und seit damals haben Sie sie nicht gesehen?»

«Nein, nie.»

«Wie haben Sie von ihrer Krankheit erfahren?»

«Durch Zufall. Ich bin hier im Krankenhaus in der Buchhaltung beschäftigt.»

Silvia erholte sich wieder. Doch durfte wie an den Tagen zuvor niemand zu ihr hinein. Dennoch kam Bartfuß regelmäßig um vier in das Krankenhaus, sein ganzer Lebensrhythmus war einzig auf diese Stunde des Tages gerichtet. Statt mit Silvia unterhielt er sich nun mit ihrem geschiedenen Mann.

«Silvia hat nur Gutes von Ihnen erzählt», behauptete Bartfuß.

Das Gesicht des Mannes errötete und erschien noch runder als sonst. Doch sogleich faßte er sich wieder und sagte:

«Seltsam...»

«Warum sind Sie erstaunt?»

«Unsere Ehe ist gescheitert...»

Er sprach nicht weiter. Die Verwunderung auf seinem Gesicht war zur Maske gefroren.

Sie erhielten keine näheren Auskünfte über Silvias Zustand. «Unverändert», hieß es, man müsse abwarten. War die Besuchszeit beendet, begaben sie sich gemeinsam in das nächste Lokal.

Wortlos tranken sie ihren Kaffee. Bartfuß überlegte: Der Fremde machte einen anständigen Eindruck auf ihn, doch wirkte er beinahe stumm. Auf seine Fragen antwortete er mit einem knappen Ja oder Nein, ohne daß sich der Ausdruck seines Gesichtes veränderte. Nur wenn sie über Berufliches redeten, erwies er sich gesprächiger. Offenbar war das ein Thema, das ihn nicht in Verlegenheit brachte. Die Konzentrationslager erwähnten sie nie. Sie pflegten bis in die Abendstunden hinein zusammenzusitzen, manchmal sogar bis Mitternacht.

Bereits nach wenigen Tagen erzählte Bartfuß dem Mann vom Traum seines Lebens, der irgendwo in den Dünen Italiens begraben lag. Seit damals, so resümierte er, lebe er ohne jegliches Ziel.

Einmal fragte der Fremde:

«Was für ein Mensch ist Silvia in den letzten Jahren gewesen?»

Bartfuß war zunächst überrascht, doch spürte er, daß die Frage den Mann schon seit einiger Zeit bewegte.

«Sie war wie immer, nehme ich an.»

Und der Mann sprach schleppend weiter:

«Früher hat sie sich oft über mich beklagt.»

«Haben Sie sie tatsächlich nie wiedergesehen?»

«Selten. Nur aus der Entfernung.»

«Sie hat immer nur Gutes von Ihnen erzählt.»

«Ich kann mein Temperament nicht verleugnen. So oft habe ich ihr versprochen, mich zu ändern. Aber ich habe mein Versprechen nicht eingelöst.»

«Was hätten Sie tun können...», sagte Bartfuß, um ihn zu trösten.

«Ich habe es aufrichtig gewollt, aber nicht gewußt, wie ich es anstellen sollte.»

Da sie sich wenig zu sagen hatten, spielten sie häufig Schach. Der Mann war ein ausgezeichneter Spieler.

Als Bartfuß nach Hause zurückkehrte, empfing ihn Rosa mit einem kehligen Wortschwall:

«Wärst du nicht so herzlos, würdest du deinen Töchtern beistehen. Ein Vater, der seine Kinder im Stich läßt, ist schlimmer als ein Wolf. Wo hältst du das Geld versteckt?»

«Welches Geld?»

Ihr versagte die Stimme, so erregt war sie.

Manchmal traf er Brigitta im Flur. Ihr Blick schien durchtränkt von den bösen Tropfen, die Rosa versprühte. Doch täuschte er sich, was seine Tochter betraf – in Wirklichkeit sah sie ihn verschreckt an. Sein Erscheinen und die kurzen Sätze, die er auf ihre Mutter losließ, schüchterten sie ein.

«Das ist dein Vater, er und kein anderer», rief Rosa und zeigte mit dem Finger auf ihn.

In jenem Herbst aber begegnete er Rosas Attacken und dem Komplott, den sie ausheckten, mit Gleichgültigkeit. Silvias Krankheit umhüllte ihn wie ein weiches Gewebe.

Hin und wieder ging er ans Meer. «Sie ist weit weg», murmelte es in seinem Innern. Merkwürdigerweise kam sie ihm nicht einmal jetzt, da er sich sehnsuchtsvoll an sie erinnerte, besonders anmutig vor. Aber eins konnte er mit Sicherheit sagen: Die Stunden mit ihr hatten deutliche Spuren an ihm hinterlassen.

Die Fügung, die ihn zu Silvia geführt hatte, der Mann, der Tag für Tag geduldig auf eine Nachricht von seiner geschiedenen Frau wartete, und schließlich der Herbst, der Regen und Sand auf die Straßen warf, all das versetzte Bartfuß in Staunen. Und während er noch erwartungsvoll der Zukunft entgegensah, ging Silvia von dieser Welt.

Die Krankenschwester sagte nur:

«Jetzt hat sie es leichter.»

Der Mann nahm seinen Hut ab wie ein Christ.

Niemand sonst folgte dem Sarg, es herrschte völlige Stille auf dem weitgedehnten Friedhofsgelände. Da es dunkelte, beeilten sich die Sargträger, ihr Gebet zu beenden.

Nach Silvias Beerdigung gingen sie wie immer in das Café. Das Schweigen, das sie bis hierher begleitet hatte, wich auch jetzt nicht von ihrer Seite. Sie bestellten Kaffee und zündeten sich eine Zigarette an. So verstrich eine Stunde. Dann begannen sie ein Gespräch über Politik.

Der Mann behauptete, auch Amerika werde sich distanzieren, das Öl sei ein überzeugendes Argument.

Bartfuß pflichtete ihm bei, fügte jedoch hinzu, die Juden seien nicht ganz unschuldig daran.

Zweifelnd sah ihn der Mann von der Seite an.

«Uns trifft keine Schuld.»

«Haben wir, die wir den Krieg überlebt haben, denn irgend etwas vollbracht?» fragte Bartfuß ohne rechten Bezug zum Thema der Unterhaltung. «Selbst die große Prüfung, der wir uns unterziehen mußten, hat aus uns keine besseren Menschen gemacht.»

«Daran läßt sich nichts ändern», erwiderte der Mann. Seine Augen waren weit geöffnet.

Bartfuß wunderte sich über seine Gleichgültigkeit. «Von denen, die aus den Lagern kommen, fordere ich Selbstlosigkeit.»

«Ich verstehe nicht, was Sie meinen.»

«Von moralischer Größe spreche ich!» schrie Bartfuß ihn an.

Der Mann senkte den Blick, ein skeptisches Lächeln legte sich auf sein wissendes Gesicht.

«Begreifen Sie denn nicht? Selbstlosigkeit!»

Der Mann erhob sich von seinem Platz. Er wandte sich mit einer hochmütigen Geste von Bartfuß ab, seinen Stuhl scheinbar jemand anderem anbietend. Bartfuß blieb sprachlos zurück.

«Ich muß los», sagte der Mann zu sich selbst, «ich muß los.»

13

Nach Silvias Tod wandelte sich scheinbar nichts an Bartfuß' Tagesablauf. In der Frühe stand er auf, stets zur gleichen Zeit, machte sich etwas zu trinken, rauchte eine Zigarette und begab sich danach ins Café, wo er mehrere Stunden verweilte. Sein Denken war auf die praktischen Notwendigkeiten des Alltags beschränkt. Tage und Nächte wechselten einander ab, er wurde sie kaum gewahr. Unglück und Schmerz hatte er bereits zuvor vielfach erfahren, und so hätte sein Leben auch jetzt unverändert weitergehen können.

In den Nächten träumte er von Brigitta, die Tage flossen unbemerkt an ihm vorüber. Allem Anschein nach hatte ihn der Tod seiner Freundin endlich in jenen Zustand der Dumpfheit versetzt, der ihm das Leben erleichterte.

Von Zeit zu Zeit begegnete er seiner jüngeren Tochter. Die Monate, die sie am Meer verbracht hatte, hatten ihren Körper heranreifen lassen. Selbst ihre Arme waren nicht mehr so mager wie einst. Sie pflegte nun Rosas Kleider zu tragen, die ihr genau paßten. Rosa war darüber hocherfreut. An manchen Tagen sah er beide in dicke Jacken gehüllt die Promenade entlanggehen. Von fern wirkten sie nicht wie Mutter und Tochter, sondern wie zwei erwachsene Frauen, die in ein ernstes Gespräch vertieft waren.

Und doch schien nicht alles im Lot zu sein. Beispielsweise bemerkte er, daß er ohne erkennbaren Grund von Tag zu Tag eher nach Hause ging, obgleich die Cafés zu dieser Jahreszeit voller Menschen waren, die trinkend und diskutierend beisammensaßen. Zwar beteiligte er sich nie an ihren Gesprächen, hörte ihnen jedoch mit Vergnügen zu. Der glühende Eifer der Redner rief ihm die Debatten im Jugendklub seiner Heimatstadt in Erinnerung.

Da er jetzt bereits früher nach Hause kam, wurden die Besuche Paulas und des Schwiegersohns immer seltener. Die Räume waren ganz von Rosas und Brigittas Gegenwart erfüllt. Sich der Wohnungstür nähernd, hörte er: «Komm her, er ist da!», einen Satz, den Rosa seit vielen Jahren zu sagen pflegte, den sie neuerdings aber nur noch erschrocken aussprach. Wenn er die Wohnung betrat, sah sie ihn mit versteinerter Miene an.

Er ließ sich in seinem Zimmer nieder und lauschte. Stundenlang. Da sich Rosa jedoch bemühte, so wenig wie möglich zu reden, und Brigitta keinen Laut von sich gab, war sein Lauschen umsonst. Trotzdem gelang es ihm nicht, seine Aufmerksamkeit anderen Dingen zuzuwenden.

«Ob Brigitta an mich denkt...?» überlegte er und gelangte zur Überzeugung, daß es tatsächlich so sei.

Rosa hatte den Wandel sofort bemerkt. Sie verfluchte ihr Schicksal und brach manchmal sogar in Tränen aus. Er aber bestand auf seiner neuen Gewohnheit, schon in den frühen Abendstunden nach Hause zurückzukehren.

Jeden Tag begab er sich zu der Straßenecke, an der ihm Brigitta weggelaufen war. Die Umgebung sah vernachlässigt aus: ein heruntergekommener Hof mit einem staubbedeckten Feigenbaum. Und doch konnte er sich nicht davon lösen. Er war dem Gang seiner Füße untertan. Ständig zog es ihn an einen anderen Ort. Wenn er dort ankam, fragte er sich mitunter: Was suche ich hier?

Hin und wieder überraschte ihn Rosa, indem sie wie früher sanft zu ihm sagte:

«Du hast mir nichts hingelegt.»

Unverzüglich gab er ihr etwas Geld.

«Das ist zu wenig», antwortete sie.

Und er gab ihr mehr.

«... und für Brigittas Kleid?»

Schließlich legte er noch ein paar Scheine dazu. Die alte Schlachtordnung existierte nicht mehr. Wie von selbst hatte sich die feindliche Front aufgelöst. Rosa mußte nicht länger zetern und schreien. Er gab ihrem Bitten gleich nach. Und wenn die Summe ihr nicht genügte, holte er ohne Zögern noch ein paar Geldscheine hervor. Sein Verhalten brachte sie in Verlegenheit. Was ist mit ihm geschehen? fragte sie sich. Ein unsinniger Verdacht blitzte in ihren Augen auf, und fortan versuchte sie Brigitta noch stärker unter ihre Fittiche zu nehmen. Sie begleitete sie zum Einkauf ins Lebensmittelgeschäft, am Nachmittag tranken sie gemeinsam heiße Milch. Stellte Brigitta Fragen, dann antwortete sie ihr ausführlich. Natürlich entgingen ihm diese Unterhaltungen nicht.

Es war Herbst. Sprühregen ging nieder. Nebelwolken hingen über der Küste. Bartfuß verweilte einen Moment auf der Straße vor dem «Rex». Es war fünf Uhr, und er wußte nicht, was er tun sollte.

Plötzlich sah er aus einer der Nebenstraßen eine schemenhafte Gestalt auftauchen. Zuerst hielt er sie für eine ältere Dame. Doch Sekunden später erkannte er seinen Irrtum: «Das ist Brigitta.» Die Gestalt kam näher. Er erwartete sie in großer Erregung. Aber hastig schlug sie eine andere Richtung ein. «Brigitta, bleib stehen!» rief er und stürzte hinter ihr her. Doch holte er sie nicht ein. Ihr gelang die Flucht zu den beleuchteten Kiosken. Überraschend, dachte er, welch gute Läuferin sie ist.

Schutzsuchend wandte sie sich an den Besitzer eines Verkaufsstandes. Bartfuß blieb stehen, um sie aus der Entfernung beobachten zu können. Ihr Atem keuchte vor Schrekken. Der Händler beugte sich hilfsbereit zu ihr hin. Mit Gesten versuchte sie ihm zu bedeuten, sie sei, nichts Böses ahnend, über die Straße gegangen und plötzlich sei ein Mann aus der Dunkelheit auf sie zugestürmt. Bartfuß sah, daß sie kein Wort hervorbrachte. Der Händler bemühte sich vergeblich, sie zu beruhigen. In panischer Angst harrte sie vor dem Verkaufsstand aus.

Als er nach Hause kam, war in allen Zimmern Licht, und Rosa und Brigitta saßen in der Küche und plauderten. In dem Augenblick, da er die Tür aufstieß, unterbrachen sie ihr Gespräch. Er ging direkt in sein Zimmer und legte den Mantel ab. Wie befreit atmete er auf: Diesmal hatte er sich nicht verfangen.

14

Am Morgen des folgenden Tages verbreitete die Sonne ein kühles Licht. Bartfuß wanderte in seinem warmen Mantel durch die Stadt. Zu seinen Füßen zitterten die winterlichen Schatten und ließen in seiner Erinnerung eine andere Stadt in herbstlichem Licht erstehen. Doch er kannte sie nicht. Ein tiefer Schlaf hatte die Bilder der vergangenen Wochen aus seinem Herzen gelöscht. Nur an das knochige Gesicht des Mannes, der Geld von ihm leihen wollte, konnte er sich deutlich erinnern. Wäre er großzügiger aufgetreten, hätte sich der Mann gewiß nicht geweigert, das Geld entgegenzunehmen. Leute gingen an ihm vorbei. Jeden einzelnen kannte er. Er wäre gerne mit ihnen in ein Café eingekehrt, um etwas Warmes zu trinken und eine Zigarette zu rauchen. Doch niemand schien Zeit zu haben. Alle strömten ins Zentrum der Stadt. So trat er allein in ein kleines Café, das er seit Jahren nicht mehr besucht hatte.

Der Besitzerin war er wie all den anderen zum erstenmal in Italien begegnet. Weder der Krieg noch der Verlust ihres Mannes und ihrer Kinder hatte ihre Lebensfreude zerstören können. Bereits in Europa hatte sich Bartfuß gefragt, ob ihre Haltung von Torheit oder außerordentlicher Klugheit zeuge. Auch damals trug sie schon tief ausgeschnittene Kleider. Sie war jung, und alle nannten sie die Wirtin, obwohl ihr das Lokal nicht gehörte, in dem sie Gebäck servierte. Allerlei zweideutige Geschichten hatte man über sie erzählt, doch sprach niemand geringschätzig von ihr.

Sie saß an der Theke. Zu dieser Stunde war das Café menschenleer.

«Einen guten Kaffee brauchst du jetzt», rief sie Bartfuß zu.

«Wie hast du das erraten?» fragte er erstaunt.

«Dein Gesicht sagt es mir.»

«Und was liest du sonst noch in meinem Gesicht?»

«Daß du dringend eine Tasse Kaffee und eine gute Zigarette brauchst. Ich freu mich, dir beides anbieten zu können.»

Bartfuß sagte leise:

«Erinnerst du dich denn an mich?»

«Aber natürlich. Wir haben uns in einem Durchgangslager kennengelernt, später bist du wie ich nach Italien gelangt, zuerst in den Norden und danach in die Gegend von Neapel. Sag mir, wenn ich mich irre.»

«Nein, nein. Du hast recht.»

«Ich erinnere mich sogar, daß du immer Saft bei mir bestellt hast.»

«Es tut mir leid, daß ich später nie wieder zu dir gekommen bin.»

«Weshalb entschuldigst du dich? Es gibt tausenderlei Gründe, bei Clara einzukehren, und ebenso viele, es nicht zu tun. Ich habe gelernt, daß man niemanden verurteilen soll.»

Sie redete von sich selbst in der dritten Person. Aus ihrer Erzählung konnte er schließen, daß sie zwei grundverschiedene Charakterzüge in sich vereinte. Clara, die Genießerin, die das Geld verschwenderisch für Schönheitsmittel und modische Kleider ausgab, hatte noch ein anderes, verborgenes Gesicht: In ihrem Innersten hegte sie eine große Zuneigung zu all jenen, die jemals in ihrer Nähe gelebt hatten.

Bartfuß glaubte in ihrer Stimme den warmen Ton zu erkennen, den er früher oft in Bauernfamilien gehört hatte. Sie berichtete ihm, wie es ihr gelungen war, ihre Angst zu bändigen.

«Und heute fürchtest du dich nicht mehr?» fragte er sie voll Verwunderung.

«Nein, nie.»

«Wie ist das möglich?»

«Ich sage es ganz offen: Der Cognac hat mir geholfen.»

«Hast du es nur mit Cognac probiert?»

«Nein, selbstverständlich nicht. Aber nur er ist mir bekommen. Jeden Nachmittag zwei Gläschen.»

«Trinkst du noch immer?»

«Gewiß, je nach Jahreszeit.»

Unvermittelt ergriff Bartfuß Claras Hand und küßte sie. Niemand sonst war im Café. Nur winterliche Schemen drangen durch die Hintertür. Er fühlte sich wohl wie in einem Haus, in dem ein Kachelofen brannte.

«Ich danke dir.»

«Aber wofür? Hat man die Angst erst besiegt, dann sieht alles ganz anders aus. Die Angst ist der größte Feind des Menschen. Wenn es uns gelingt, sie zu vernichten, sterben zugleich die tierischen Triebe in uns... Trinkst du nie Alkohol?»

«Doch. Aber nur Wodka.»

«Das kann man nicht vergleichen. Cognac hat einen anderen Effekt. Er zielt direkt auf die Angst, und du behältst einen klaren Kopf.»

«Merkwürdige Dinge sind mir in diesem Jahr widerfahren», sagte Bartfuß zusammenhanglos.

«Hast du dich gegen sie wehren können?» fragte sie, ahnend, worauf er hinauswollte.

«Nein. Leider nicht.»

«Der Cognac wird dir helfen. Er gibt uns die Kraft, die wir brauchen. Glaub mir, ich spreche aus Erfahrung. Von allen

Menschen fühl ich mich meinen Eltern am engsten verbunden. Manchmal bete ich sogar zu ihnen.»

Ihre Worte verblüfften ihn.

«Sie erscheinen mir so greifbar, so nah... dieses Gefühl stärkt meinen Lebensmut... zu wissen, dort oben ist jemand, der mich liebt...»

Bartfuß senkte den Kopf.

«Ja. Das verstehe ich.»

«Ich spreche ganz freimütig zu ihnen, als säßen sie mir gegenüber und tränken Kaffee.»

Sie wollte noch etwas sagen, doch in diesem Moment öffnete sich die Tür, und das Lokal füllte sich. Bartfuß fürchtete, die bekannten, entschlossenen Gesichter, die da hereinkamen, würden den Glanz, den Clara über ihn ausschüttete, zum Erlöschen bringen. Er wollte das Gefühl, das ihn bewegte, bewahren. Ohne zu überlegen, erhob er sich und ging hinaus.

Die engen, verlassenen Straßen, die zum Strand führten, ähnelten trübe dahinfließenden Flüssen. Überall kündeten düstere Zeichen von der frühzeitigen Ankunft des Winters. Der Strand war leer. An den Buden rüttelte der kalte Wind.

Bartfuß sah nichts von all dem. In sich gekehrt ließ er sich von seinen Empfindungen mitreißen. Als habe er sich von einem schweren Anker befreit, der ihn während vieler Jahrzehnte an den schändlichen Erdboden gekettet hatte. Wie in längst vergangenen Tagen erkannte er die Notwendigkeit, zu handeln und freigiebig zu sein. Je länger er unterwegs war, um so mehr betörte ihn der Zauber dieser neuen Begeisterung. Er glaubte eine treffende Losung gefunden zu haben, die er jedermann mitteilen müsse.

Seine Gefühle schäumten im Seewind auf. Er wünschte, den Menschen, von denen er sich entfernt hatte, wieder nahe zu sein.

Er ging durch Gassen mit niedrigen Häusern, durch die er früher häufig am hellichten Tag geschlendert war. Die wenigen Male, die er im Dunkeln hierherkam, war er stets in Begleitung von Frauen gewesen. Am Abend lag dieses Stadtviertel nahezu ausgestorben da, und die wenigen Leute, die seinen Weg kreuzten, kannten ihn nicht.

Ja. Ich gehe einen Cognac trinken, sagte er zu sich, als gehorche er einer Eingebung. Er trat an einen Kiosk und bestellte sich zwei Gläschen voll. Schon nach wenigen Augenblicken begann er den Alkohol zu spüren. Doch selbst jetzt, da er sich leicht fühlte, sah er noch immer häßliche Flecken und Grimassen um sich herum. Aber sie konnten seine Laune nicht länger beeinträchtigen. Er überquerte die Straßen, bewegte sich zielstrebig von einer zugigen Ecke zur nächsten. Langsam entschwanden die wenigen undeutlichen Gedanken aus seinem Kopf, und ein altes quälendes Verlangen, das ihn während all der Jahre immer wieder heimgesucht hatte, kehrte mit der Wucht der Meeresflut in seinen Körper zurück. Wäre ihm in diesem Moment eine Frau begegnet, er hätte sie in den Eingang des nächsten Hauses gezerrt. Aber die Straßen waren verlassen. Ich muß nur noch ein Stückchen weitergehen, überlegte er sich, dort werde ich sicher jemanden treffen. Vielleicht erwartete ihn bereits am Ende der Straße, in der Nähe der Mole, ein weibliches Wesen, fleischig und weich.

Und während er durch die Straßen streifte, erschien ihm Brigitta. Sie trug den roten Wintermantel, den ihr Rosa zwei Jahre zuvor gekauft hatte. Ihre Schultern waren seit ihrem letzten Zusammentreffen noch kräftiger geworden. Und so wirkte sie in dem Kleidungsstück, dessen Farbe ihm zu leuchtend erschien, wie ein schwerfälliges Kind.

Sie blieb erschrocken stehen. Doch sogleich faßte sie sich und sagte zu ihm:

«Ich wollte im Regen spazierengehen.»

«Ist dir nicht kalt?»

«Nein», erwiderte sie. Dummheit und Verwunderung mischten sich in ihren Zügen.

«Es ist kühl heute», sagte er und spürte, wie ihm die Sprachlosigkeit in die Zunge schnitt.

Sie aber wiederholte: «Ich friere nicht.»

Bartfuß knöpfte sich den Mantel zu und sah sich um. Da er niemanden in ihrer Umgebung ausmachen konnte, schlug er ihr mit gesenktem Blick vor, an einen anderen Ort zu gehen. Ein Lächeln leuchtete in ihrem vollen Gesicht auf.

Seine Sinne waren hellwach, als sie an seiner Seite ging. Sie wechselten kein Wort miteinander.

«Würdest du gern etwas trinken?» fragte er sie nach einer Weile – wie er sie gefragt hatte, als sie noch klein war.

«Kaffee», antwortete sie.

«Kaffee?», wunderte er sich.

«Ich trinke schon lange Kaffee», sagte sie mit selbstbewußtem Gesicht.

Ihm kam der Gedanke, sie ins «Rex» mitzunehmen. Doch dann besann er sich. Dort kannten ihn zu viele Leute.

«Weshalb bist du neulich vor mir davongelaufen?»

Mit dieser Frage hatte sie nicht gerechnet.

«... ich hatte Angst.»

«Vor wem?»

«... vor dir.»

Er lachte kurz auf. Ihre unverhohlene Einfalt erstaunte ihn.

«Und jetzt fürchtest du dich nicht?»

Sie sah ihn mit offenem Mund an. Ein anderer Ausdruck der Einfalt, dessen Bedeutung er noch nicht kannte, zeigte sich auf ihrem Gesicht.

«Nein. Jetzt hab ich keine Angst.»

Aus den Nebelwolken schien das schwache Licht der Straßenlaternen auf den leeren Platz. Bartfuß fühlte sich unsicher in Gegenwart seiner erwachsenen Tochter, doch war seine Befangenheit auch von angenehmen Empfindungen begleitet.

Einen kurzen Moment lang wünschte er sich, wieder allein zu sein.

Brigitta folgte ihm wie eine Frau, die nur darauf gewartet hatte, daß ein Passant sie zu sich herüberwinken würde. Sie wirkte größer als er, machte aber kleine, vorsichtige Schritte.

Die eigene Wortlosigkeit erschreckte ihn. So fragte er sie, als habe sie unvernünftig gehandelt: «Warum bist du aus dem Haus gegangen?»

«Ich habe mich gelangweilt.»

«Und was wolltest du hier draußen finden?»

«Menschen.»

Er fühlte, daß er sich ihrer erst dann entledigen konnte, wenn er sie zu etwas eingeladen hatte. Es gab viele Cafés in der Stadt, und überall herrschte zu einer bestimmten Stunde des Tages Stille. Dennoch fand er kein einziges, in das er mit Brigitta einkehren wollte. Da ihm nichts Besseres einfiel, führte er sie schließlich ins «Mandarin». Er wußte, daß es an ihm war, etwas zu sagen, aber er schwieg. Brigitta saß ihm aufrecht gegenüber. Er sah in das junge Gesicht mit den trüben Augen, auf die vollen Brüste und den offenstehenden Mund. Mädchen wie sie waren ihm in Italien hin und wieder am Strand begegnet: willenlose, staunende Geschöpfe. Gewöhnlich hatte er sie in die Dünen oder in ein verlassenes Haus mitgenommen.

«Und was tust du hier?» erkundigte sich Brigitta. Bartfuß war perplex.

«Weshalb fragst du?»

Sogleich trat sie den Rückzug an: «Nur so.»

Ihre Stimme verriet weibliche Neugier, sie schien sich behutsam voranzutasten. Auch heimliche Freude hörte er aus dem Klang ihrer Worte heraus. Während er dasaß und ab und zu einen Schluck nahm, versuchte er die Zuneigung, die er für Brigitta empfand, aus seinem Herzen zu verbannen. Es war ein heftiges, doch blindes Gefühl, das ihn meist in Gegenwart solch stummer Frauen befiel.

«Laß uns gehen», sagte er und stand auf.

«Wohin?»

Bartfuß aber wiederholte nur: «Laß uns gehen.»

Die Dünenlandschaft vor dem «Mandarin» war im Dunkeln unübersichtlich und darüber hinaus von Kanälen durchzogen, überlegte er, also sollten sie das Café durch den beleuchteten Seitenausgang verlassen. Die düstere See würde ihm wie so oft nur Unglück bringen.

Sie zog ihren Mantel über und ging mit ihm. Er wußte, daß sie bereit war, ihm überallhin zu folgen.

Draußen, vor dem Café, sagte er mit gesenktem Blick: «Geh heim.» Genauso hatte er früher einmal zu einer anderen Frau gesprochen.

Unerschrocken fragte Brigitta:

«Warum schickst du mich fort?»

«Weil es schon spät ist und man sich nachts nicht auf der Straße herumtreibt.»

Um die Kraft wissend, über die sie in dieser Stunde verfügte, verweigerte sie ihm den Gehorsam.

«Geh heim», versuchte er noch einmal, sie zu vertreiben.

Doch sie rührte sich nicht von der Stelle. Da ergriff er ihren Arm und stieß sie hinaus in die Nacht. Die Dunkelheit war wie eine Wand, die sie wortlos durchschritten. Sie hakte sich bei ihm ein. Ein Satz, den er seit vielen Jahren nicht mehr gebraucht hatte, kam ihm wie von selbst über die Lippen.

«Was willst du eigentlich von mir?» fuhr er sie an.

«Nichts.»

Sie fühlte sich anscheinend sicher in seiner Nähe. Ihre schweren Glieder bewegten sich ruhig.

Sie steuerten auf den Strand zu. Unbeleuchtete Häuser, in denen niemand mehr wohnte, zogen an ihnen vorbei. Durch die offenen Türen und Fenster war das Rauschen des Meeres zu hören. Er stellte sich vor, Brigitta in eines der Häuser zu drängen, wie er es früher mit anderen Frauen getan hatte. Dann aber breitete er nur die Arme aus, als wollte er ihr die in der Finsternis liegende Stadt zeigen. Instinktiv duckte sie sich wie ein Tier, das sich anschickt, durch eine schmale Öffnung zu kriechen.

«Du sollst nicht dort hinein», sagte er, und sie richtete sich wieder auf.

Hierher hatte er stets die schwerleibigen, stummen Frauen geführt. Ohne ihr Schweigen zu brechen, waren sie mit ihm gegangen; sie wußten genau, was er von ihnen erwartete. Trotz der Dunkelheit war er jedesmal zielsicher, beinahe schwebend durch die Gassen gelaufen. An diesem Abend jedoch mußte er die Entfernungen falsch eingeschätzt und den gewohnten Weg verfehlt haben, denn er fand sich unerwartet in einer fremden Umgebung wieder. Leise fluchend fragte er sich, wohin sie hinauskommen würden. Brigitta ging fest an ihn geklammert.

Als sie zum Strand zurückfanden, fiel Brigitta zu Boden. Zunächst hatte er den Verdacht, sie habe sich absichtlich fallen lassen. Doch dann begriff er, daß er sich irrte. Vom Schimmern des Meeres erhellt, sah er ihr erschrockenes Gesicht.

«Was ist passiert?»

«Der Fuß...»

Er zog ihr geschwind die Schuhe aus, die vom feuchten Sand durchnäßt waren. Ein Geruch von Schweiß und Parfüm stieg von ihrem Rock auf. Sich mit den Händen hinter dem Rücken abstützend, streckte sie ihm die Beine entgegen. Sie hatte sich den linken Fuß verrenkt, doch obwohl es sehr schmerzte, weinte sie nicht.

Er kniete sich hin und fing an, ihr den Fuß zu massieren. Sie erduldete es mit verzerrtem Gesicht. Aber die Schmerzen vergingen nicht. Bartfuß hatte mit einemmal seine Verlegenheit überwunden. Er versuchte, Brigitta in die Höhe zu heben, um sie zu den Verkaufsbuden hinüberzutragen. Doch war sie ungeschickt und viel zu schwer, so daß sie wie ein prall gefüllter Sack auf den Sand zurückfiel. Er verharrte neben ihr auf den Knien. Sie lag mit geschlossenen Augen da. Vielleicht war sie gar nicht so hilflos, sondern wollte ihn nur auf die Probe stellen... Bei diesem Gedanken fuhr er wütend hoch.

«Was willst du eigentlich von mir?» schrie er sie an. Während sie mühsam den Oberkörper aufrichtete, brach ein Schluchzen aus ihrer Kehle.

Das Fußgelenk war anscheinend nur leicht verstaucht, denn es gelang ihr, sich wieder aufzustellen. Er half ihr. Auf ihn gestützt, ließ sie sich zu einem beleuchteten Kiosk führen. Niemand war zu sehen. Die Geräusche, die an sein Ohr gelangten, erschienen ihm wie Geflüster.

Er hätte sich gern mit Brigitta versöhnt, wußte jedoch nicht, wie er es anstellen sollte. So kaufte er ihr eine Flasche Cola und zwei Schokoladenriegel. Sie ließ sich auf einem Mäuerchen nieder, trank und aß, ohne etwas zu sagen. Der Schmerz wich aus ihrem Gesicht.

Der Kioskbesitzer zeigte ein flüchtiges Interesse: «Wer ist das Mädchen?»

«Meine Tochter.»

«Was ist ihr zugestoßen?»

«Sie hat sich den Knöchel verrenkt.»

Die feinen Tropfen des Sprühregens gingen auf dem blechernen Kioskdach nieder.

Der Besitzer erkundigte sich nach ihrem Namen. «Sie heißt Brigitta», antwortete Bartfuß.

«Was ist das für ein Name?»

Die belanglose Unterhaltung stürzte Bartfuß in eine trübsinnige Stimmung.

«Laß uns gehen», sagte er zu Brigitta.

Mit Überraschen sah er, wie sie sich unverzüglich erhob.

Er brachte sie bis vor die Haustür und sagte:

«Geh hinein.»

Er wollte Rosa jetzt nicht gegenübertreten. Ein bitterer Durstgeschmack glitt aus seinem Mund die Kehle hinab. Er dachte daran, mit dem Bus in die Innenstadt zu fahren, um dort noch etwas trinken zu gehen. Brigitta aber blieb vor dem Hauseingang stehen und rührte sich nicht von der Stelle.

«Warum gehst du nicht?» fragte Bartfuß flüsternd.

«Ich habe Angst.»

«Vor wem?»

«Vor Mama.»

«Du hast nichts zu befürchten.»

«Sie schimpft, wenn ich so spät nach Hause komme.»

«Dann gehen wir zusammen hinein.»

Hastig öffnete er die Tür. Gleich eilte Rosa herbei und sah sie sprachlos an. Brigitta legte den Mantel ab. «Es regnet», sagte sie rasch. Bartfuß entfernte sich in sein Zimmer. Durch die geöffnete Tür hörte er, wie Rosa das Mädchen ausfragte.

«Wo bist du gewesen?»

«Ich bin spazierengegangen.»

«Und weshalb kommst du erst jetzt zurück?»

«Nur so.»

«Was hast du unterwegs erlebt?»

«Nichts Besonderes.»

«Und wo hast du ihn getroffen?»

«Vor der Haustür.»

«Weswegen sprichst du mit ihm?»

«Ich hab nicht mit ihm gesprochen.»

«Du lügst.»

«Nein, ich lüge dich nicht an.»

Später, als in der Wohnung alles still und die schwere Tür zu Bartfuß' Zimmer geschlossen war, hob Rosa erneut an:

«Warum willst du mir nicht die Wahrheit erzählen?»

Brigitta antwortete nicht auf die Frage.

«Glaubst du, ich hätte kein Recht, es zu erfahren?»

«Was?»

«Die Wahrheit. Bin ich es nicht, die dich großgezogen und dir alles beigebracht hat? Und plötzlich weigerst du dich, mir zu sagen, was geschehen ist?»

«Ich habe es dir doch schon erzählt», sagte Brigitta mit zitternder Stimme.

«Gewiß, du hast mir etwas erzählt, aber nicht die Wahrheit. Selbst wenn man alle anderen anlügt, der eigenen Mutter sagt man immer die Wahrheit. Du bist viele Jahre krank gewesen, und deinetwegen habe ich alles geopfert. Nichts habe ich vom Leben gehabt. Er hat mich nie beachtet. Ich habe ihn jedesmal anbetteln müssen, wenn ich für dich etwas brauchte. Ich erwarte keinen Dank von dir, nur eins: daß du aufhörst, mich zu belügen.»

Während sie sprach, brach sie in Tränen aus. Anfangs glaubte er, Brigitta weinen zu hören. Es war ein bitteres, schrilles Geheul, in dem Kummer und Schmach zusammenflossen.

Monoton versicherte Brigitta ihr:

«Nichts ist geschehen, so glaube mir doch, nichts ist geschehen...»

Rosas Heulen aber verstummte nicht.

«Alles lastet auf meinen Schultern... als wäre ich ein Klotz, dem man alles zumuten kann.»

Bartfuß vernahm deutlich das Wort «Klotz», erschrocken trat er einen Schritt von der Tür zurück.

«Ich gehe fort von hier», rief Rosa.

«Bleib bei uns», flehte Brigitta, «ich werde dich nie verlassen, das verspreche ich.»

«Warum hast du es dann heute abend versucht?»

«Ich weiß nicht. Aber ich werde es nie wieder tun.»

Dann vermischten sich die beiden Stimmen, und Bartfuß konnte sie nicht mehr verstehen.

15

In den späten Nachmittagsstunden des vierten Oktober, auf dem Fußgängerweg vor dem «Rex», kreuzten sich Bartfuß' und Schmuglers Weg. Zu spät versuchte Bartfuß, Schmugler auszuweichen.

So standen sie sich gegenüber. Schmugler war schlanker geworden und sein schmales, längliches Gesicht noch angespannter als früher. In seiner Hand hielt er eine Aktentasche, die mit Dokumenten gefüllt schien.

Ohne zu zögern, fragte ihn Bartfuß:

«Verzeihst du mir?»

Schmugler rückte ein wenig von ihm ab.

«Ich? Was?»

«Daß ich dich geschlagen hab.»

Schmugler entsann sich.

«Aber weshalb bittest du mich um Entschuldigung?»

«Ich bereue es.»

«Hoffentlich nicht aus religiösen Gründen.»

«Nein. Du weißt, daß ich nicht gläubig bin», beeilte sich Bartfuß. «Gewiß, in meiner Jugend, aber seither sind viele Jahre vergangen.»

«Mir ist gleichgültig, was du getan hast.»

«Dann verzeihst du mir...?»

«Das hab ich doch gerade gesagt.»

«Warum weigerst du dich, es auszusprechen? Bringst du den Satz ‹Ich verzeihe dir› nicht über die Lippen?»

«Ich verabscheue Bekenntnisse, sie haben, wie auch Gebote, ihren Ursprung im Glauben. Aber wenn es dir wirklich so wichtig ist, will ich dir die Bitte erfüllen.»

«Und du verzeihst mir von ganzem Herzen?»

«Ja. Da dir soviel daran liegt, will ich dir verzeihen.»

Bartfuß wußte, daß Schmugler nicht aus Bosheit gezögert hatte. Krankhafte Genauigkeit, die übertriebener Vorsicht und einem unergründlichen Schmerz entsprang, war ein Wesenszug dieses Mannes. Ihretwegen war er den Leuten bereits in Italien verhaßt gewesen, schon lange bevor sie sich seiner vollkommen bemächtigt hatte. Allein sein jüngerer Bruder, der nach dem Krieg nach Amerika gegangen war, stand ihm auch später noch bei. Schmugler wäre verhungert, hätte er nicht eine Unterstützung von ihm erhalten. Doch hatte er sich im vergangenen Jahr wegen einer Kleinigkeit, auf der er unnachgiebig beharrte, auch mit ihm überworfen.

Zwar stellte der Bruder die Zahlungen nicht ein, reduzierte sie jedoch in beträchtlichem Maß. Seither fristete Schmugler, wie ein Ausgestoßener, ein kärgliches Dasein. Der einzige, der ihn noch mochte, hatte sich von ihm distanziert. Er aber bestand weiterhin auf seinen Prinzipien, insbesondere, was die menschliche Ausdrucksweise betraf. In Italien hatte er sogar die Unterstützung des Joint-Committee zurückgewiesen, da der Leiter des Komitees die Geldbeträge zusammen mit einem Gebetbuch zu überreichen pflegte.

Schmugler deutete das als Bestechungsversuch. Nicht einen Cent wollte er annehmen.

«Was liegt dir daran, den Unmut deiner Umgebung auf dich zu lenken? Das sind doch nur Kleinigkeiten, die niemand genaunimmt», ermutigten ihn seine engsten Vertrauten. Aber sie mühten sich ohne Erfolg. Der Dämon, von dem er besessen war, gab ihn nicht frei. Schmugler blieb hartnäkkig, selbst als das Wasser ihm bis zum Halse stand.

Bartfuß war verlegen. Seit er Schmugler geschlagen hatte,

hatte er nach einem Weg gesucht, zu ihm zurückzufinden. Hatte er einmal die Suche vernachlässigt, bildete er sich mitunter ein, ihn irgendwo in der Ferne zu sehen... beispielsweise am Strand, obwohl er wußte, daß Schmugler niemals spazierenging. Und jetzt, da er ihm endlich verzieh, fiel ihm nichts ein, worüber er sich mit ihm hätte unterhalten können.

So sagte er einfach: «Danke.»

«Warum bedankst du dich?»

«Weil ich dir wirklich dankbar bin... Empfindest du das als Kränkung?»

«Du weißt, daß ich von Höflichkeitsformeln nichts halte... Entschuldige, wenn ich das Wörtchen ‹ich› so sehr betone.»

«Darf ich dich zu einer Tasse Kaffee einladen?»

«Gern. Aber ich kann nicht lange bleiben.»

Bartfuß bemerkte, wie lächerlich sein Gerede gewesen war, und wunderte sich über Schmuglers freundliche Reaktion. Die Aktentasche unter den Arm geklemmt, wirkte er wie ein Beamter, der nach getaner Arbeit heimgeht. Einen Moment lang wollte ihm Bartfuß erzählen, was ihm zuletzt widerfahren war. Doch dann erinnerte er sich, daß solch intime Geschichten der Anlaß ihres Streites gewesen waren.

«Er verabscheut Geständnisse», folgerte Bartfuß. In Italien hatte er mit Schmugler lange Gespräche geführt. Später, in der Zeit des großen Chaos, hatte Schmugler unbemerkt, aber zielstrebig begonnen seine Gewohnheiten zu verändern. Während sich all die anderen, ob Kind oder Greis, vom Schicksal treiben ließen, meißelte sich Schmugler mit grausamer Beharrlichkeit ein neues Vokabular. Damals fingen die Leute an, ihn zu hassen. Ihr Haß sollte im Laufe der Jahre schwächer werden, nicht aber die Ablehnung, auf die er stieß. Schmugler litt im Verborgenen, mit stillem Hochmut.

Nun saßen sie beieinander und tranken schweigend ihren Kaffee.

Zu Bartfuß' Überraschung begann Schmugler plötzlich zu sprechen. Er berichtete ihm vom Bruder, der in Amerika lebte, und vom Satz, der sie entzweit hatte. Sein Bruder hatte sich mühelos in Amerika eingewöhnt. Nachdem er Mitglied einer strenggläubigen Gemeinde geworden war, hatten seine Briefe einen frömmelnden Unterton angenommen. Anfangs hatte Schmugler sie ignorieren wollen, nach einiger Zeit jedoch verlor er die Geduld.

Er schrieb einen Antwortbrief. Der Bruder reagierte gekränkt und verminderte die Unterstützung; trotzdem schickte er weiterhin Briefe, die immer häufiger gebotähnliche Aufforderungen enthielten. Eines Tages verlangte der Bruder von ihm, künftig seine Bitten mit einem «So Gott will» abzuschließen. Daraufhin schickte Schmugler das Geld an seinen Bruder zurück. Seither hatte er nichts mehr von ihm gehört.

Schmugler berichtete Bartfuß, daß er als Nachtwächter in einem Holzlager tätig sei. Das reiche zum Leben und erlaube ihm, ein wenig zu sparen, denn er wolle dem Bruder die tausend Dollar, die er von ihm bekommen habe, zurückzahlen.

Schmugler sprach mit verhaltener Stimme, in einem Ton, in dem die meisten Menschen eine lange, beschämende Geschichte erzählten. Dann entspannten sich seine Gesichtszüge. Er hielt einen Augenblick inne, als begebe er sich auf die Suche nach neuen, treffenden Worten, und fuhr fort. In allen Einzelheiten beschrieb er das große Holzlager, in dem er arbeitete. Er redete von den langen Stämmen, die von fernen Orten geliefert wurden, vom harten Brot der Arbeiter, den Holzhändlern und dem Besitzer. Seine Schilderung zeugte von einer erstaunlichen Beobachtungsgabe. Immer wieder sprach er das Wort Holz aus, bis auch Bartfuß seine Essenz zu verstehen glaubte.

Plötzlich sagte er:

«Ich habe genug erzählt.»

«Was hast du vor?» fragte ihn Bartfuß.

«Ich muß zur Arbeit. Heißt es nicht, des Nachts kehre der Mensch zurück zu dem Ort, an den er gehört?»

«Sehen wir uns wieder?»

«Selbstverständlich», antwortete Schmugler mit einer weit ausholenden Bewegung des Arms.

Bartfuß blieb wie angewurzelt auf seinem Stuhl sitzen. Eine von fern zurückkehrende Furcht überkam ihn. Auch damals, in den Wäldern, hatte er gefragt: «Sehen wir uns wieder?» Er fühlte sich mit dem gepeinigten Mann, der ihm gegenüberstand, durch ein feines, aber haltbares Band verbunden. Er war erleichtert, als habe er eine Prüfung, die seine Kräfte zu überschreiten schien, doch noch bestanden.

Er geht zur Arbeit, um seine Schulden abtragen zu können, sinnierte er.

«Ich wollte dir noch etwas erzählen.»

«Können wir das nicht auf ein anderes Mal verschieben?»

Bartfuß versuchte Schmugler noch einen kurzen Moment in seiner Nähe zu halten.

«Du bringst mich in eine schwierige Lage. Ich muß wirklich los. Um halb fünf soll ich dort sein. Es ist bereits fünf vor halb. Wir treffen uns bald wieder. Wir müssen uns wiedersehen.»

Die Worte trösteten Bartfuß. Einige Zeit später verließ auch er das Café, um viele Stunden schweigend durch die leeren Weiten zu gehen.

16

Am folgenden Tag schlief er bis weit in den Nachmittag hinein. Der Himmel war klar, die Luft kalt. Gedankenleer durchquerte Bartfuß die Dünen, um ans Meer zu gelangen. Als er auf die Einöde des Strandes mit ihrem grün schimmernden Saum blickte, begann sein Herz schneller zu schlagen. Er wäre gern stehengeblieben, allein um dieses Anblicks willen. Aber der Wind peitschte ihm ins Gesicht. Und so ging er weiter, die Küste entlang.

Leuchtfeuer schienen über dem Meer auf. Sie ließen ein rosafarbenes Zittern über die Wasseroberfläche wehen. Eines Tages hatte er nicht weit von hier Schmugler getroffen. Ein interessantes Streitgespräch hatte sich zwischen ihnen entwickelt, als handelten sie einen Vertrag aus. Obwohl Schmugler, wie gewöhnlich, jedes Wort auf die Goldwaage legte, endete die Begegnung versöhnlich. Trotzdem ging ihm Bartfuß fortan aus dem Weg... bis zu jenem Nachmittag, an dem er ihm ins Gesicht schlug. Das Gespräch, das sie am Strand geführt hatten, handelte von Erbarmen und Großzügigkeit. Das Wort Erbarmen widerte Schmugler an. Man müsse seinen Gebrauch verbieten, behauptete er. Über die Großzügigkeit äußerte er sich in gemäßigterem Ton. Bartfuß entsann sich eines Satzes, den er früher einmal gehört hatte. Demnach war der Gebrauch mancher Wörter, die einst selbstverständlich erschienen, heute untersagt – wie der Genuß einer verbotenen Frucht.

Als er das Café betrat, dachte er an die Momente der

Nähe, die er wenige Tage zuvor mit Brigitta erlebt hatte. Jetzt ärgerte er sich darüber. Voller Ungeduld nahm er Platz, ließ sich Kaffee bringen und zündete eine Zigarette an. Die Stunden vergingen. Er bestellte sich noch eine Tasse und beobachtete, wie der schwache Schein der Lichter durch das Fenster fiel und dicke Linien auf den Fußboden malte. Die wenigen Gäste saßen gedankenversunken da, ihre verschlossenen Gesichter sahen zornig aus. Indes bemühte sich Bartfuß erfolglos, sich zu erinnern.

Im Laufe der Zeit kamen Gespräche in Gang, doch hörte man genau hin, waren es keine echten Gespräche, sondern nur Fragen, die wie Feststellungen klangen. Ziellos sirrten sie durch die Luft. Niemand beantwortete sie.

Die neue Kellnerin wirkte ein wenig ungeschickt. Sie wollte die Gäste beeindrucken. So gab sie mit ihrem deutschen Akzent hin und wieder Bemerkungen von sich. Doch sie hatte kein Glück, die Leute schenkten ihr keine Beachtung. Ein heißer Kaffee war alles, was sie brauchten. Auch Bartfuß nahm nur einen kurzen Satz wahr, den sie sagte, als er sich zum Zahlen erhob: «Alles zu seiner Zeit, mein Freund.»

Er verließ das Café und wandte sich nordwärts. Die Sterne funkelten kalt und blau. Um die Ecken fegte der Wind. Bartfuß schloß seinen Mantel.

Auf seiner Wanderung begegnete er Marie-Anne. Wie viele Jahre waren vergangen, seit er zum letztenmal mit ihr gesprochen hatte? Neben der Hauswand kam sie ihm klein und gedrungen vor. Ihr Körper warf einen langen Schatten. Als er sie ansprach, wich sie zur Seite. Ihr Gesicht zog sich in den Kragen des Mantels zurück.

«Erinnerst du dich nicht an mich?» fragte er sie.

«Nein.»

Das rührende Lächeln einer Unwissenden breitete sich

über ihre Züge. Bartfuß erkannte es wieder. Unschuld und Einfalt sprachen aus ihm.

«Ich bin Bartfuß. Wir kennen uns.»

«Nein», entgegnete sie, indem sie weiter an die Hauswand heranrückte.

In ihrer Jugend hatte sie viel Aufsehen erregt. Sie war schlank und schön gewesen. Die Jahre des Krieges hatten ihrer Einfalt nichts anhaben können. Wenn ihr jemand sagte: «Komm mit, du bekommst Pralinen von mir», folgte sie ihm sofort. Selbst älteren Männern gelang es, sie mit kleinen Geschenken zu locken. Von Männern aller Art, Verrückten, Greisen, verbitterten Gestalten und Müßiggängern, ließ sie sich ansprechen. Der Arzt des Joint-Committee kannte sie gut. Jedesmal, wenn sie zu ihm auf die Krankenstation kam, schimpfte er mit ihr. Einige Male verweigerte man ihr sogar den Zutritt und schickte sie in ein entlegenes Dorf. Wenn sie aber zurückkam, fing alles von vorne an.

«Hast du dich wieder verführen lassen?»

«Er hat mir Pralinen versprochen.»

«Und du hast ihm geglaubt?»

«Ja, ich habe ihm geglaubt.»

«Wie oft noch soll ich es dir erklären?»

«Aber ich habe es doch nicht gewollt.»

«Mach, daß du hinauskommst. Ich will dich hier nie wieder sehen!»

«Warum werfen Sie mich hinaus? Ich bin nicht schuld daran!»

So ging es jahrein, jahraus.

Die Leute hörten nicht auf, über das Mädchen zu reden. Sie habe einen ganzen Sack voller Pralinen, tuschelte man. Und manche meinten, sie sammle auch Spielzeug.

Marie-Anne war gemeinsam mit den anderen nach Palästina gekommen. Auch hier hielt sie an ihren Gewohnheiten fest. Anfangs zog eine Gruppe von Herumtreibern jeglichen Alters hinter ihr her; nach einiger Zeit aber ließ die Anhänglichkeit nach. Marie-Anne fand einen Unterschlupf im Erdgeschoß eines alten arabischen Hauses. Ihr sanftes Lächeln verlor sich, ein Zug der Enttäuschung legte sich um ihren Mund. Bartfuß schenkte ihr hin und wieder ein wenig Geld oder Süßigkeiten. Da sie es nicht gewohnt war, etwas umsonst zu bekommen, ging sie ihm aus dem Weg. Wie einst in Italien fand er auch später noch Gefallen daran, ihr aus der Ferne zuzusehen, wenn sie barfuß durch den Sand lief oder mit übereinandergeschlagenen Beinen irgendwo saß. Als die Männer aufhörten ihr nachzustellen, wurde sie wie all die anderen Schatten, die die Stadt bevölkerten. Sie nahm an Gewicht zu, und ihr Gesicht rundete sich. Von ihrer früheren Schönheit blieben nur wenige Spuren.

«Du erinnerst dich nicht mehr an mich?» fragte er sie noch einmal. Ihm lag sehr viel daran, gerade jetzt von ihr erkannt zu werden.

Marie-Anne preßte ihre Lippen fest aufeinander. Die unerwartete Begegnung bewegte sie, doch ihr Gedächtnis ließ sie im Stich.

«Italien...», sagte Bartfuß, um ihr einen Hinweis zu geben.

Sie klammerte sich an diesen Namen:

«Auch ich bin in Italien gewesen.»

«Trotzdem erkennst du mich nicht wieder?»

Ein Hauch der vergangenen Schönheit kehrte in ihr Gesicht zurück. Doch vermochte sie sich nicht zu erinnern. Bartfuß erkannte die Sinnlosigkeit und Boshaftigkeit seiner Fragen, schien aber dennoch auf eine Antwort zu warten. Und da keine Erwiderung kam, fragte er sie:

«Was tust du sonst?»

Marie-Anne errötete. Sie zupfte ihren Kragen ein wenig höher und stammelte: «Nichts weiter … nichts.»

Als er sie fragte: «Bist du nicht unglücklich?», weitete sich ihr Gesicht und verzog sich zu einem Lächeln.

«Es ist doch Winter», setzte er unnachgiebig das Verhör fort.

«Ich habe einen warmen Mantel», antwortete sie und strich über den dicken Stoff.

Bartfuß ließ sie nicht aus den Augen.

«Worüber denkst du nach?»

«Ich …?»

«Ja. Du.»

«Ich weiß nicht.»

Sie schien plötzlich Verdacht zu schöpfen. Prüfend betrachtete sie die Straße und die Häuser um sie herum. Niemand war in der Nähe.

Bartfuß fragte: «Wohin willst du?»

«Ich gehe nur spazieren.»

«… und du hast kein bestimmtes Ziel?»

«Nein.»

Ihre schnellen Antworten hielten ihn für Augenblicke gefangen. Er wünschte sich, daß sie bei ihm bliebe; er wollte ihr immer neue Fragen stellen, als handle es sich um eine Sache, die er noch nicht ausreichend ergründet hatte.

«Aber an Italien erinnerst du dich …», versuchte er das Rad zurückzudrehen.

Der Satz verwirrte sie. Sie verschränkte die Arme in den weiten Ärmeln des Mantels, wobei sie die Schultern nach vorne zusammenzog, und rief panisch: «Ja. Ich erinnere mich.»

«Weshalb erkennst du mich dann nicht wieder? Ich habe dir schachtelweise Pralinen geschenkt.»

«Du?»

«Ja. Ich.»

«Viele sind damals in Italien gewesen. Ich kann mich doch nicht an alle erinnern.»

«Aber nicht von jedem hast du etwas umsonst bekommen, so wie von mir.»

Sie erschrak, als sie den drohenden Klang seiner Stimme bemerkte.

«Was soll ich denn tun? Ich erkenne dich nicht.» In diesem Augenblick schien es Bartfuß von größter Wichtigkeit, daß ihn dieses erbärmliche Geschöpf, das da vor ihm stand, wiedererkannte und zugab, Geschenke von ihm erhalten zu haben. Er wäre weitergegangen und ihr nicht länger zur Last gefallen, hätte sie sich an ihn erinnert und ihm gedankt… Sie aber sah nur einen Fremden in ihm. Sie erfaßte den Sinn seiner Fragen nicht. Unsicher und voller Angst stand sie da.

«Du könntest dich wenigstens bei mir bedanken!»

«Danke… danke!» rief sie.

Vor Schreck verbarg sie ihr Gesicht immer mehr. Als ihr in früheren Zeiten die jungen Burschen nachstellten, war sie flink zu den Flüchtlingsbaracken gelaufen. Doch war ihr Leib über die Jahre rund und schwerfällig geworden, und ihre dicken Beine schauten wie Stümpfe unter ihrem Wintermantel hervor.

Eigenartig, ging es Bartfuß durch den Kopf. Er schien die Sinnlosigkeit seines Handelns zu erkennen, doch eine innere Kraft drängte ihn, Marie-Anne in seinen Klauen zu halten.

Sie wollte um Gnade bitten. So raffte sie ihren Mantel hoch – Bartfuß sollte ihr Bein sehen. Blau angelaufen und geschwollen war es, ums Knie trug sie einen Verband.

«Wozu zeigst du mir das?»

«Aber ich wollte es dir gar nicht zeigen…»

«Wenn du nicht die Absicht hattest, es mir zu zeigen – warum hast du es dann getan?»

«Ich war heute morgen beim Doktor. Er hat gesagt, ich müsse mich vorsehen. Das Bein darf nicht naß werden. Er hat die Verletzung verbunden. Und eine Salbe hat er mir gegeben.»

«Tust du, was er dir gesagt hat?»

«Ja. Vor dem Schlafengehen werde ich es tun.»

«Was ißt du am Abend?» fragte Bartfuß vollkommen unvermittelt.

«Einen Apfel.» Ihr verängstigtes Gesicht öffnete sich ein wenig, ließ ein schwaches Lächeln erkennen. «Die Äpfel bekomme ich umsonst im Lebensmittelgeschäft.»

«Umsonst, sagst du?»

«Ja, wirklich. Umsonst.»

«Von heute an wirst du vom Lebensmittelhändler keine Geschenke mehr annehmen. Er ist voller Tücke, hast du gehört?»

«Warum darf ich nichts von ihm annehmen?»

«Ich hab es dir doch gesagt.»

«Aber er verlangt nichts von mir.»

«Trotzdem. Ich verbiete es dir.»

Bartfuß zog ein Bündel Banknoten hervor.

«Damit kannst du bei ihm einkaufen. Aber nur gegen Bezahlung.»

«Das ist zuviel», entgegnete sie, sich den Kopf mit den Händen haltend.

«Das ist nicht zuviel», widersprach Bartfuß. «Genausoviel brauchst du.»

«Man wird es mir stehlen. Ich kann mit Geld nicht umgehen. In meinem ganzen Leben habe ich nicht soviel besessen.»

«Nimm es», befahl er ihr.

«Ich habe Angst.»

«Du sollst es nehmen, sage ich dir. Und fürchte dich nicht. Man darf nie Angst haben.»

Marie-Anne rührte sich nicht. Sie wollte das Geld nehmen. Doch war ihre Hand wie gefroren.

«Nimm es!» schrie Bartfuß sie an. «Du sollst nie mehr Äpfel essen, die du nicht bezahlt hast. Man weist Geschenke zurück. Verstehst du, wovon ich rede? Und jetzt, gib mir deine Hand.»

Die Hand schien an ihrem Körper festgewachsen zu sein.

«Streck deine Hand aus!»

«Ich kann nicht», antwortete sie, den Tränen nahe.

«Du darfst nie Angst haben!» sagte er, während er ihre Hand zu sich zog, um die Geldscheine hineinzudrücken.

Ihre steifen Finger mühten sich, sie zu halten, doch entglitten sie ihnen und flatterten davon. Bartfuß beugte sich und las sie auf. Indessen löste sich Marie-Anne aus ihrer Starre. Sie lief los. Aber ihre plumpen Beine sollten sie nicht weit tragen. Sie stolperte, als wären ihre Füße aneinandergekettet. Bartfuß holte sie mühelos ein. Als er versuchte, ihr das Geld in die Tasche zu stopfen, hielt sie sie mit den Händen zu. Sekundenlang fixierte er sie: eine klägliche Gestalt. Dann versetzte er ihr eine Ohrfeige.

«Idiotin!» schrie er sie an.

Da sie nicht reagierte, fuhr er fort sie zu schlagen. Marie-Anne sackte in sich zusammen, er aber rief laut: «Du sollst nie wieder etwas umsonst vom Lebensmittelhändler annehmen! Es gehört sich, im Geschäft für alles zu bezahlen. Man nimmt keine Geschenke an.»

Marie-Anne lag auf dem Erdboden, sie zappelte mit den Beinen. Keinen Laut gab sie von sich. Bartfuß knüllte die Scheine zusammen und preßte sie in ihre Manteltasche. Schließlich entfernte er sich. Marie-Anne begann zu weinen.

Bartfuß beeilte sich, den Platz zu verlassen, und ging in Richtung Strand. Undurchdringliche schwarze Flecken ruhten auf dem Meer. Alles war still wie vor einem Regenguß.

«Man läßt sich nichts schenken», knurrte er. Eine Weile noch vernahm er Marie-Annes Weinen. Als er weiterging, wurde es schwächer.

Wie einst, in den großen Tagen, die er in Italien erlebt hatte, als die Menschen noch mit Entschlossenheit handelten, überquerte er die Straße. Als halte er eine Trophäe in seiner Hand. Er fühlte sich stark, er hatte nichts zu bereuen.

Der Abend breitete sich über die Dächer. Die Luft war zum Ersticken feucht. Bartfuß ging gleichmäßigen Schrittes, keinerlei Erinnerung bedrückte ihn. Und wäre die Kälte nicht unentwegt an seine Beine gedrungen, er wäre immer weiter hinausgewandert. So aber war er gezwungen, zu den Häusern zurückzukehren. Er betrat das «Rex».

Dort saßen die Leute und tranken Kaffee. Bartfuß legte den Mantel ab und nahm in einer Ecke des Raumes Platz. Die Kellnerin schenkte auch ihm eine Tasse ein und servierte ihm ein belegtes Brötchen dazu. Einzig nach Essen und Trinken verlangte es ihn. Der Schein der Lampen, die hier und da über den Tischen hingen, zerstreute ihn. Die Hand, mit der er eben noch Marie-Anne geohrfeigt hatte, war warm und hielt sanft das Brötchen. Von seinem Platz aus beobachtete er die Kellnerin. Sie sah untersetzt und unförmig aus, und auch ihr deutsch-ungarischer Akzent verlieh ihr kein bißchen Anmut. Wie die Male zuvor bemühte sie sich, den Gästen zu gefallen.

Auch später, auf dem Heimweg, empfand Bartfuß weder Ekel noch Schmerz. Seine Glieder hatten sich erwärmt. Und als er endlich den Korridor des Hauses betrat, lagen Rosa und Brigitta längst in tiefem Schlummer. Sein Zimmer schien unberührt. Als er zu Bett ging, fühlte er die Macht und die Fülle des Schlafes, mit dem er all die Jahre gerungen hatte. Jetzt erst spürte er, wie groß die Müdigkeit war und daß sie bald schon ihre bleiernen Fänge über ihm auswerfen würde. Er zog Schuhe und Strümpfe aus und hängte das Hemd über den Stuhl. Sein Blick kreiste noch einmal durch den nackten Raum. Und ihm fiel ein Satz ein, den er zufällig gehört hatte: «Vom heutigen Tag an schließe ich die Sorge aus meinem Herzen aus und will schlafen.»

Paul Auster

Paul Auster, geboren 1947 in Newark / New Jersey, gilt in Amerika als eine der großen literarischen Entdeckungen der letzten Jahre. Er studierte Anglistik und vergleichende Literaturwissenschaft an der Columbia University und verbrachte danach einige Jahre in Paris. Heute lebt er in New York.

Die New-York-Trilogie *Roman*
Deutsch von J. A. Frank
(rororo 12548)
Die «New-York-Trilogie» machte Paul Auster mit einem Schlage berühmt. Zunächst wirkt sie wie eine klassische, spannungsgeladene Kriminalgeschichte, die den Leser raffiniert in ihren Bann zieht. Aber bald scheinen die vordergründig logischen Zusammenhänge nicht mehr zu stimmen. Die Rollen der Täter und Opfer, der Verfolger und Verfolgten verschieben sich auf rätselhafte Weise ...
«Eine literarische Sensation!»
Sunday Times

Mond über Manhattan *Roman*
Deutsch von Werner Schmitz
(rororo 13154)
«Paul Auster ist der vielleicht bedeutendste amerikanische Autor der letzten Jahre; seine literarischen Qualitäten suchen auch hierzulande ihresgleichen.»
Deutschlandfunk

Die Erfindung der Einsamkeit
Deutsch von Werner Schmitz
256 Seiten. Gebunden
Paul Auster erzählt in zwei aufrichtigen autobiographischen Texten von der Einsamkeit und dem Sterben seines ihm bis zu-letzt fremdgebliebenen Vaters.

Literatur

Die Musik des Zufalls *Roman*
Deutsch von Werner Schmitz
256 Seiten. Gebunden
Jim Nashe, ein Feuerwehrmann aus Boston, kündigt Job und Wohnung und begibt sich auf eine ziellose Reise, nachdem er unerwartet zweihunderttausend Dollar geerbt hat. Eines Tages liest er einen Anhalter auf: Jack ("Jackpot") Pozzi, einen bankrotten Zocker. Die beiden haben nichts zu verlieren und riskieren alles ...

Im Land der letzten Dinge
Roman
Deutsch von Werner Schmitz
(rororo 13043 und als gebundene Ausgabe)
«Ein ausgezeichnetes, höchst lesbares Buch. Paul Auster hat sowohl der modernen Literatur als auch unserer Sicht der Welt eine Dimension hinzugefügt.»
The Boston Globe

3201/4

John Updike

Scharfsichtig, komisch, leidenschaftlich schildert **John Updike** die normale Welt des normalen amerikanischen Kleinbürgers. John Updike, geboren 1932 in Shillington, Pennsylvania, studierte in Harvard und Oxford. Er war zeitweise Redakteur des «New Yorker» und schreibt heute noch für ihn brillante Essays, Parodien und Kritiken. Seine Romane und Erzählungen fanden ein enthusiastisches Echo und wurden mit zahlreichen angesehenen Literaturpreisen ausgezeichnet. «John Updike reproduziert den Alltag nicht, sondern er macht ihn, weil er ihn kennt und schreibend durchdringt wie kein anderer, zu einer großen, schönen, traurigen Metapher menschlichen Lebens.» *Ulrich Greiner in «Die Zeit»*

Amerikaner und andere Menschen *Essays*
(rororo 5850)

Auf der Farm *Roman*
(rororo 12570)

Bessere Verhältnisse *Roman*
(rororo 12391)

Der Coup *Roman*
(rororo 5667)

Ehepaare *Roman*
(rororo 1488)

Das Fest am Abend *Roman*
(rororo 1625)

Das Gottesprogramm. Rogers Version *Roman*
(rororo 12867 und gebunden)

Hasenherz *Roman*
(rororo 5398)

3281/2

rororo Literatur

Die Hexen von Eastwick *Roman*
(rororo 12366)

Heirate mich! *Eine Romanze*
(rororo 4982)

Henry Bech *Erzählungen*
(rororo 5448)

Der Sonntagsmonat *Roman*
(rororo 4676)

Unter dem Astronautenmond *Roman*
(rororo 4151)

Der verwaiste Swimmingpool *Erzählungen*
(rororo 12680)

Der weite Weg zu zweit *Szenen einer Liebe*
(rororo 5777)

Im Rowohlt Verlag sind u. a. außerdem lieferbar:

Rabbit in Ruhe *Roman*
656 Seiten. Gebunden

Rowohlts Amerika

Paul Auster
Die New York-Trilogie *Stadt aus Glas / Schlagschatten / Hinter verschlossenen Türen*
(rororo 12548)
Jeder der drei Romane wirkt zunächst wie ein klassische Kriminalgeschichte, aber bald stimmen die vordergründig logischen Zusammenhänge nicht mehr. Schritt für Schritt wird der Leser in ein Spiel mit seinen eigenen Erwartungen verstrickt. «Eine literarische Sensation!» *Sunday Times*

Nicholson Baker
Vox *Roman*
Deutsch von Eike Schönfeld
192 Seiten. Gebunden
Zwei Menschen sprechen über Sex - am Telefon. «Vox» ist ein erotischer Roman im besten Sinne und eine kunstvoll, lebensfrohe, ebenso ungehemmte wie vorurteilsfreie Auseinandersetzung mit Sexualität heute.

William Boyd
Stars und Bars *Roman*
(rororo 12803)
Mit himmelschreiender Komik erzählt William Boyd die Geschichte von einem feinsinnigen Briten, der nach Amerika kommt und sein blaues Wunder erlebt. «Eine Farce – aber eine raffinierte!» *Nürnberger Nachrichten*

Robert Olmstedt
Jagdsaison *Roman*
Deutsch von Klaus Modick
288 Seiten. Gebunden
«Ein bemerkenswerter Roman, der die prekäre Balance zwischen spannendem Thriller und lyrischer Fabel hält.»
The New York Times Book Review

3292/2

rororo Literatur

Luanne Rice
Ein Leben für Nick *Roman*
(rororo 12632)
Alles zu haben heißt auch, alles wieder verlieren zu können. Dieser Gedanke beschäftigt Georgina Swift, die in scheinbar behüteten Verhältnissen lebt und ihren Mann Nick, den scheinbar tadellosen, erfolgreichen Wall Street-Anwalt, abgöttisch liebt...

John Irving
Garp und wie er die Welt sah
Roman
(rororo 5042)
«Diese Geschichte ist so absurd, so komisch, so tränentreibend, so kühl und sachlich, so wirklich und genau, daß man das Buch nicht wieder los wird.»
Nürnberger Nachrichten

Tom Robbins
Salomons siebter Schleier
Roman
Deutsch von Pociao
540 Seiten. Gebunden
Der Altmeister des Underground-Romans, läßt die verrücktesten Typen, die schärfsten Sprüche und provokantesten Gedanken über die Seiten tanzen.

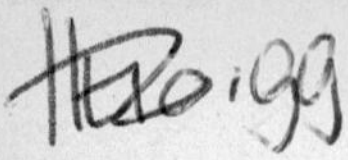